Michaela Pavelka

Ausgesprochen unerhört

Robert, der unter seinem zynischen Vorgesetzten leidet und zunehmend depressiv wird, plagen lebhafte Mordphantasien. Er wünscht seinem Chef den Tod.

Vera, die einen ausgeprägten Widerwillen gegen die Welt entwickelt hat und die Horrornachrichten im Radio nicht mehr ertragen kann, gerät sporadisch in den Sog ihrer suizidalen Phantasien.

Und der junge Amadeus hat aufgrund einer tiefen seelischen Verwundung seinem musikalischen Talent den Rücken gekehrt.

Als sie nach längerem Leidensweg endlich Unterstützung durch erfahrene Psychotherapeuten erhalten, findet das bis dahin Unausgesprochene Ausdruck und ermöglicht Entwicklungen.
Ausgesprochen Unerhörtes nimmt seinen Lauf.

Michaela Pavelka, Jahrgang 1965, arbeitet seit 20 Jahren als Psychologische Psychotherapeutin in eigener Praxis.

2009 erschien ihr erster Roman „Das Land hinter dem Horizont".
Ihr zweiter Roman „Im Schatten der Stille" erschien 2011.
„Ausgesprochen unerhört" ist ihr dritter Roman.

Michaela Pavelka

Ausgesprochen unerhört

Roman

Von Michaela Pavelka
sind bei BoD außerdem erschienen:

Das Land hinter dem Horizont (2016)
Im Schatten der Stille (2018)

Bibliografische Information der Deutschen Nationalbibliothek:
Die Deutsche Bibliothek verzeichnet diese Publikation in der
Deutschen Nationalbibliografie; detaillierte bibliografische Daten
sind im Internet über https://portal.dnb.de abrufbar.

Titelbild und Umschlaggestaltung: © Sophia-Maria Pavelka

Herstellung und Verlag:
BoD – Books on Demand, Norderstedt

ISBN 978-3-752-83382-9

Dieser Titel ist auch als E-Book erschienen

„Du brauchst nur weiter zu gehen,
komm nicht auf Scherben zum Stehen."

Andreas Bourani

Ich danke ganz herzlich meinem Mann Norbert und meiner Tochter Sophia-Maria für die wertvollen Anregungen und das sorgfältige Lektorat.

Bei meiner Tochter bedanke ich mich außerdem für die Bildbearbeitung und die Gestaltung des Covers.

INHALT

eins

Beim nächsten Mal zähle ich bis drei, flüsterte Vera Weiß, beim übernächsten Mal bis vier und dann bis fünf. Ich schließe die Augen, heute nur für eine Sekunde. Die Straße ist frei. Ich fahre langsam, aufmerksam. Es dämmert bereits. Herbst 2015. Der Herbst kann nicht enttäuschen, da man von ihm jede Art von Wetter erwartet oder auch nicht. Die meisten sitzen wahrscheinlich zu Hause bereits beim Abendessen. Eine Sekunde ist kurz. Was soll da passieren? Außerdem bin ich in der 30er-Zone. Frage mich immer wieder, wie es sich anfühlen wird, der Aufprall, kurz bevor man das Bewusstsein verliert. Eine Frage der Geschwindigkeit. Eine Frage von Leben und Tod. Hunderte Male habe ich es mir vorgestellt. Das Auto, das Haus direkt in der Rechtskurve, der Aufprall. Wieso baut man ein Haus direkt in einer Kurve, so nah an der Fahrbahn? Wie fühlt es sich an, wenn die Airbags sich öffnen?

Oder auf der Autobahn. Ja, da habe ich tatsächlich schon bis zwei gezählt, zwei Sekunden lang die Augen geschlossen, während ich mit 120 km/h auf gerader Strecke fuhr, vor mir sah ich in großem Abstand ein anderes Auto, keine Ahnung, was für ein Fabrikat. Es hätte nichts passieren können, keine Kurve, kein Stau in Sicht. Jemand, der erkältet ist und während der Fahrt niest, schließt meist auch die Augen, wenigstens für einen kurzen Moment. Was mich antreibt und umtreibt, weiß ich nicht. Traurig bin ich. Eine tiefe Traurigkeit wühlt in mir wie ein Schwelbrand. Unpassender Vergleich. Eigentlich denke ich bei Traurigkeit eher an die Farbe Blau oder an Dunst, Nebel und Wasser. Nein, es ist kein Schwelbrand, der in mir glüht, sondern ein alles durchziehender Dunst, ein Nebel oder Tau, fühlt sich an wie Schritte in unberührtem Schnee.

Im Radio berichteten sie über den Anschlag in Paris vom 13. November 2015. Gotteskrieger des Islamischen Staates schossen wahllos auf unschuldige Menschen in Restaurants, im Konzertsaal und sprengten sich vor einem Fußballstadion in die Luft. Was glauben die? Dass sich Gott in einem Staat niederlassen würde, der auf Blut gegründet wurde? Wie kann man Gott mit seinem Gegenspieler verwechseln? Übersehene Paradoxien. Vera Weiß schaltete das Radio aus. Sie versuchte, an etwas anderes zu denken, an ihre Arbeit als Ärztin, an ihren Kollegen Theo Stern und die gute langjährige Zusammenarbeit. Der Herbst bescherte der Praxis die typische Grippewelle. Im Wartezimmer ein einziges Geschniefe.

Um 20.00 Uhr hatte Vera die Praxis verlassen. Zu Hause angekommen, freute sie sich auf einen ruhigen Abend in ihrer kleinen, gemütlichen Dachgeschoss-Wohnung. *My home is my castle* ging es ihr durch den Kopf, während sie die Tür hinter sich schloss mit dem Gefühl, die Welt endlich wieder aussperren zu können. Wenigstens für ein paar Stunden wollte sie dem Lärm, dem Entsetzen dieser Welt entkommen.

Noch immer lag der Geruch von Melisse in der Luft, einem ätherischen Öl, das sie stets in ihren Verdampfer träufelte, der auf einer Vintage-Kommode im Wohnzimmer stand. Daneben ein braunes Holzkästchen, das aussah wie eine kleine Schatztruhe. Hier bewahrte sie die Teelichter und Streichhölzer auf. Sie liebte das Geräusch, das Streichholz auf der Reibfläche und den aufsteigenden Geruch von Schwefel. Ganz bestimmt, dessen war sie sich sicher, gehörte dieses Geräusch, verbunden mit dem Schwefelduft zu jenen Ereignissen, die der Vergangenheit angehörten, die zunehmend in Vergessenheit geraten würden. Vera wird es bewahren, das Geräusch und auch diesen Geruch. Sie bewahrte alles Mögliche und Unmögliche auf, Wesentliches und Unwesentliches, nebensächliche Details, die kaum jemand beachtet. Ihr Gedächtnis war ein riesiger Raum, in dem Unzähliges gelagert wurde und miteinander in Verbindung stand.

In der Küche stand noch das Geschirr vom Frühstück auf der Spüle. Sie öffnete den Gefrierschrank und zog eine Pizza Tonno heraus. Ihr Magen knurrte. Sie schob die Pizza in den Backofen, verließ die Küche und ging ins Wohnzimmer. Müde ließ sie sich auf ihre Couch fallen, ein Kissen unter dem Kopf, den Blick zur Decke, den Gedanken freien Lauf.

Seit einem Jahr hatte sie jede Woche einen Termin bei einem Psychotherapeuten, Heinrich Hugott. Sie mochte ihn ganz gern. Manchmal fand sie, dass er etwas zu still war. Offensichtlich hatte er eine Vorliebe für Schweigen. Mittlerweile konnte sie bei ihm mehrere Arten des Schweigens unterscheiden. Da gab es einmal das Schweigen, das einfach nur Nachdenken bedeutete, wenn er über eine Antwort nachdachte. Dann gab es das beredte Schweigen, das darauf hinwies, dass er etwas aussprechen wollte, aber aus irgendeinem Grund vorzog, es nicht zu tun. Manchmal hatte sie den Eindruck, dass er es gar nicht bemerkte, dass es einfach nur beiläufig geschah so wie man atmet, ohne darüber nachzudenken.

Doch es gab auch Momente, da schien er sich mit einem stillen Blick versichern zu wollen, dass sie seine unausgesprochene Botschaft gehört hatte, die er zwischen die Zeilen geflochten hatte. Was sie jedoch heraushörte oder hineininterpretierte, konnte keiner Prüfung unterzogen werden. So bleibt Unausgesprochenes ungehört und unerhört. Und sie spürte, dass manches sich verflüchtigen würde, wenn sie es jemals in Worte kleiden würde. Es gibt Realitäten, die nur bleiben, wenn man sie nicht benennt.

Hin und wieder war sein Schweigen auch Ausdruck einer Enttäuschung.

Und verwundert stellte sie eines Tages eine ganz neue Art des Schweigens bei ihm fest. Es war ein Schweigen, das sie als *Systemabsturz* bezeichnete und das von hochgezogenen Augenbrauen, einem verdutzten Gesichtsausdruck und einem leeren Blick begleitet war, so als wisse er nicht, wie er das, was sie gesagt hatte, einordnen sollte, als drehte er ein Puzzleteil in seiner Hand auf der Suche nach der passenden Lücke.

Besondere Aufmerksamkeit erforderten seine mehrdeutigen Aussagen, jene Sätze, die zwar aus Worten bestanden, die aber irgendwie nur Platzhalter waren für irgendwelche Bedeutungen, die man je nach Phantasiebegabung hineinlegen konnte oder nicht.

Es hatte etwas Kryptisches. Tagelang versuchte sie herauszufinden, was er denn gemeint haben könnte und entdeckte eines Tages, dass sie mehr über ihn als über sich selbst nachdachte.

Bedeutungsschwere Sätze, so schön sie auch klingen mögen, können ihr Ziel eben verfehlen.

Vera fragte sich, ob er wusste, dass seine Worte vielleicht ganz anders interpretiert wurden, als er glaubte.

Hin und wieder jedoch hatten seine Sätze eine unbeschreibliche Wirkung.

So ergab es sich, dass an einem jener Tage, an denen Vera seit dem frühen Morgen bereits den Eindruck hatte, dass irgendetwas Besonderes, etwas Ungewöhnliches geschehen würde, die Worte von Hugott bis in ihr Innerstes vordrangen und liegen blieben wie Samenkörner auf vorbereiteten Boden.

Es gibt Momente, die teilen die Zeit in ein Davor und ein Danach. Manchmal spürt man es sofort. Manchmal jedoch wird es einem erst viel später bewusst.

Für seine zweiundsechzig Jahre, dachte Vera, sah er erstaunlich jung aus. Ziemlich glatte Haut. Vielleicht wegen seiner spärlichen Mimik. Man hätte ihn auf Mitte Fünfzig schätzen können. Offensichtlich hatte er eine Schwäche fürs Essen. Ob für gutes Essen konnte man nicht sagen. Aber er aß deutlich mehr, als seinem Körper gut tat. Seine Figur hatte etwas von Buddha. Sein Hemd spannte über seinem Bauch und die breiten Ringe an seinen Händen gruben sich in seine fleischigen Finger, die, wenn er etwas in seinen Computer tippte, aussahen wie träge Tänzer.

Der Geruch von Pizza drängte sich in Veras Gedanken. Sie räkelte sich auf dem Sofa und schaute auf ihre Armbanduhr. Noch fünf Minuten.

Immer wieder dachte sie an das, was Hugott ihr beim letzten Mal zum Schluss noch gesagt hatte, kurz bevor sie eigentlich schon gehen wollte.

Sie war schon im Aufstehen begriffen, als er diese Worte sprach, langsam und eindringlich, einer hypnotischen Suggestion gleich:

„Sie sind immer so vernünftig. Tun Sie doch mal etwas Spontanes, etwas, das Sie sonst nicht tun würden. Tun Sie doch einfach mal etwas Ungewöhnliches!"

Etwas Ungewöhnliches tun, etwas, das man sonst nicht tut, ein Wagnis eingehen, ohne zu wissen, was es auslöst und welche Kreise es zieht?

Manche Worte sind wie Pfeile, die einen Menschen in eine bestimmte Richtung schießen.

Vera erhob sich vom Sofa, lief in die Küche und kam mit einer dampfenden Pizza zurück, stellte sie auf den Esstisch und setzte sich auf einen der sechs antiken Stühle, die nie jemals alle benutzt wurden. Das Wasser lief ihr im Mund zusammen. Sie teilte die Pizza in acht Teile und zog sich ein Stück vom Teller. Der Käse warf kleine Bläschen.

Etwas Ungewöhnliches tun.

Sie schaltete ihren Laptop ein und gab den Suchbegriff *King-Dom* bei Google ein. Seit vielen Wochen lag ihre Freundin Monika Vogel ihr damit in den Ohren. King-Dom sei ein Forum der besonderen Art. Man könne dort ein Profil erstellen und mit interessanten Männern in Kontakt treten. Vera konnte sich die Begeisterung ihrer Freundin nicht erklären und wollte herausfinden, was es damit auf sich hatte.

Als sich die Startseite von King-Dom öffnete, schüttelte sie den Kopf bei dem, was sie dort zu lesen bekam. Sie klickte sich durch verschiedene Profile und fragte sich teils neugierig, teils fassungslos, was die Leute dort so umtreibt, wie man Gefallen daran finden kann, sich auspeitschen zu lassen oder selbst jemanden zu schlagen und ob sich manche User eigentlich nicht schämen, ihren Rücken, der voller blutiger Striemen war, zur Schau zu stellen. Auf einem der Profile las sie, dass der Meister sehr zufrieden war mit seiner *stolzen Sklavin.* Das war der Moment, in dem sie kurz davor war, sich aus dem Forum auszuloggen. Sie dachte an die Sklaverei und wie viel Leid man damals den Sklaven zugefügt hatte. Kein Sklave war jemals stolz darauf, Sklave gewesen zu sein. Die Menschen in King-Dom hatten da etwas gründlich missverstanden.

Schließlich siegte Veras Neugier und sie erstellte sich ein Profil, um der Sache auf den Grund zu gehen. Aus den Gesprächen mit ihrer Freundin wusste sie, dass sie sich irgendeinen Profilnamen wählen könne, aber am besten irgendetwas mit *Lady.*

Nach kurzer Überlegung machte sie folgende Angaben.

User-Name: Lady Morgan.
Größe: 1,70 m.
Gewicht: 60 kg.
Beziehungsstatus: Ledig.
Bisherige Erfahrungen: Normal.
Neigungen: Neugierig.

Neigungen, was soll denn damit gemeint sein? Eigenartig. Einfach mal abwarten, was passiert. Wahrscheinlich halten die mich für bescheuert, bestenfalls für normal oder eventuell gar für unerfahren. Wie auch immer.

Dann klickte sie wieder verschiedene Profile an, um nachzuschauen, was die anderen denn so schreiben. Sie schluckte, wollte ihren Augen nicht trauen.

Oh Gott! Bin ich hier richtig? Was schrieb dieser Mann in seinem Profil? Oh je!

Erfahrung mit Sinnesentzug, Keuschhaltung, Strom, Gerte, Käfighaltung. Gibt es hier Tiere? Verrückt! Und sein

Name? *Fürst der Finsternis*. Heutzutage kommt der Teufel im Anzug daher. Das dachte sie schon lange. Und er steht auf 24/7. Was ist das denn schon wieder? Wo treibt sich Monika da bloß herum? Hier soll es stilvolle Männer geben? Macht eher den Eindruck, dass das hier das Tor zur Hölle ist, wo sich eine Horde Irrer herumtreibt. Oh, was ist das? Da blinkt etwas auf meinem Profil. Eine Mail. Von wem? Wie öffnet man die denn bloß? Mal drauf klicken. Aha. Geht ja.

Sir Dom:
Guten Abend, verehrte Lady Morgan!
Mit Interesse habe ich die wenigen Angaben in Ihrem Profil gelesen und gehe davon aus, dass Sie hier neu sind. Ich heiße Sie herzlich willkommen.
  Gruß Sir Dom

Was antwortet man da? Nachdenklich kaute Vera auf ihrer Pizza.

Klingt ja eigentlich fast normal. Ungewöhnlich freundlich, ja höflich. Irgendwie verlockend.

Einfach mal zurückschreiben. Im Notfall mache ich schnell den Computer aus.

Lady Morgan:
Guten Abend, Sir Dom!
Vielen Dank für Ihre freundliche Nachricht. Ja, ich bin neu hier.

Sir Dom:
Was führt Sie hierher in diese Gefilde?

Lady Morgan:
Das kann ich gar nicht so einfach beantworten. Interesse? Neugier?

Sir Dom:
Das ist doch ein guter Anfang. Neugier worauf?

Lady Morgan:
Auf das, was hier los ist. Hört sich dämlich an. Ich weiß. Eine Freundin hat mir erzählt, dass man hier interessante Herren kennen lernen könnte.

Sir Dom:
Das ist gewiss. Lächel.

Lady Morgan:
„Gewiss" hört sich gut an. Lächel.

Sir Dom:
Haben Sie denn Erfahrungen mit dominanten Herren?

Lady Morgan:
Tja. Dominant? Wieso? Gute Frage. Weiß nicht. Glaube nicht. Oder doch? Man ist ja immer schon mal einem dominanteren Mann begegnet. In meinen Träumen oder Albträumen vielleicht.

Sir Dom:
In Ihren Träumen? Wovon träumen Sie denn?

Lady Morgan:
Sie sind so direkt. Das ist mir ein bisschen peinlich. Das möchte ich jetzt vielleicht lieber doch nicht sagen.

Sir Dom:
Ein anderes Mal? Möchten Sie es mir ein anderes Mal sagen?

Lady Morgan:
Wer weiß.

Sir Dom:
Die Kommunikation mit Ihnen gefällt mir.

Lady Morgan:
Oh, Sie machen mich verlegen.

Sir Dom:
Verlegen – das ist gut.

Lady Morgan:
Was ist denn daran gut?

Sir Dom:
Einfach so.

Lady Morgan:
Ich schreibe auch gerne mit Ihnen. Warum sind Sie denn hier in dem Forum?

Sir Dom:
Ich liebe es, eine Frau zu führen, sie zu entwickeln, zu ihrer vollen Entfaltung zu bringen.

Lady Morgan:
Zu führen? Entwickeln? Wieso?

Sir Dom:
Das würde ich Ihnen gerne näher bringen.

Lady Morgan:
Und wie?

Sir Dom:
Ich würde Sie es gerne erleben lassen, wenn Sie erlauben, Lady Morgan.
Ich muss mich jetzt allerdings für heute verabschieden.
Sehen wir uns hier wieder? Das würde mich freuen.

Lady Morgan:
Ich würde mich auch freuen. Also sagen wir bis bald.

Da war er schon offline. Ihre letzte Nachricht hatte er gar nicht mehr gelesen. Komisch. Naja. Egal. Sie schaltete ihren Laptop aus, klappte den Deckel herunter. Das letzte Stück Pizza aß sie kalt, pickte mit dem Zeigefinger noch ein paar Krümel vom Teller.

Wenig später legte sie sich ins Bett und schaltete ihre Nachttischlampe aus, ein Relikt aus Kindertagen, von dem sie sich nie hatte trennen können. Eine völlig schlichte Lampe, ein Kugelfuß mit einem pyramidenartigen Lampenschirm aus orangem Stoff, ein Geschenk der Patentante zu ihrer Kommunion.

Sie zog die Bettdecke bis zum Hals und starrte in die Dunkelheit. Erst allmählich zeichneten sich Umrisse ab, tauchten die Gegenstände wie aus dem Nichts auf.

Es wurde eine unruhige Nacht, in der sie von dunklen Gestalten mit Masken und schweren schwarzen Umhängen träumte, die nur mit einem Messing-Verschluss vor der Brust zusammengehalten wurden. Sie irrte durch ein großes Schloss mit verwinkelten Gängen und Feuerfackeln an den Wänden. Als sie eine breite Steintreppe hinauf lief, kam ihr ein Mann entgegen, groß, dunkel gekleidet. Durchdringend war sein Blick. Nur kurz berührte er ihren Arm mit seiner Hand. Er trug schwarze Lederhandschuhe. Im Vorbeigehen drehte er sich noch einmal kurz zu ihr um. Ihre Blicke begegneten sich und ein tiefer Schauer durchfuhr ihren Körper. Dann verschluckte ihn die Finsternis.

zwei

Der Regen schlug ihm ins Gesicht, als er vor seiner Haustür stand und den Schlüssel in der Jackentasche suchte. Manfred Stein hasste es, mit nassen Schuhen ins Haus zu gehen. Da er allein lebte, musste er schließlich selbst putzen und seine Hausarbeiten erledigen. Seiner Ansicht nach war das Frauensache, aber sie liefen ihm ständig davon. Sie wussten meinen Wert wohl nicht zu schätzen, dachte er.

Als er die Türschwelle übertreten wollte, spürte er einen Widerstand, einen feinen Draht an seinem Schienbein, der vor seiner Tür gespannt war. Er bückte sich, verwundert, Kopf schüttelnd, fluchte und löste den Draht, warf ihn achtlos zur Seite. Wahrscheinlich die Nachbarskinder! Wenn es seine Kinder wären, würde er ihnen Respekt beibringen.

Schließlich ging er in den Hausflur, doch bevor er die Tür schließen konnte, wurde sie durch einen Windzug ins Schloss geschlagen. Durchzug. Wieso Durchzug?

Verwundert ging Herr Stein ins Wohnzimmer, um nach den Fenstern zu schauen. Er schaltete das Licht an. Die Terrassentür stand offen und ein Fenster war gekippt. Ihm stockte der Atem. Er war sich sicher, dass er am Morgen, bevor er zur Arbeit gefahren war, alle Fenster geschlossen hatte. Und wieso war die Terrassentür geöffnet? Er lauschte, versuchte irgendein ungewöhnliches Geräusch auszumachen. Aber es war ganz still. Nur der Wind zerrte an der morschen Schuppentür in seinem Garten und wirbelte die Blätter auf dem Rasen auf. Leise schlich er zum Wohnzimmerschrank, öffnete die oberste Schublade und nahm eine kleine Pistole heraus. Geschmeidig lag sie in seiner Hand. Sein Herz hämmerte. Er beobachtete den Raum. Ihm war, als läge ein fremder Geruch in der Luft.

Die Polizei kam nach zehn Minuten. Beim Klingeln legte er seine Waffe schnell wieder in die Schublade. Gemeinsam schritten sie jeden Raum ab. Nichts fehlte. Einbruch ohne Diebstahl. Falls ihm in den nächsten Tagen doch noch auffallen sollte, dass etwas fehlte, sollte er sich melden.

Gern wäre er an diesem Abend nicht allein geblieben. Aber es gab niemanden, den er hätte anrufen können oder wollen.

Die kleine rote Leuchtdiode seines Anrufbeantworters blinkte. Er drückte die Play-Taste: *Guten Tag, Herr Stein, Ihre Brille ist fertig. Sie können sie abholen.*

Er genehmigte sich einen Whisky, trank direkt aus der Flasche. Seine Hand zitterte. Das Adrenalin kribbelte in seinen Fingerspitzen.

Erschöpft schleppte er sich die Treppe hoch, die Flasche Whisky in der Hand. Die Holzstufen knarrten. Im Badezimmer zog er sich aus, hängte seine Jeans über den Badewannenrand und stopfte die restliche Kleidung in einen Wäschekorb, der eh schon überfüllt war. Der Ärmel seines weißen Hemdes lugte unter dem Deckel hervor.

Seine Brille, filigran und rahmenlos, legte er auf die Fensterbank, bevor er in die sehr geräumige Dusche stieg.

Er versuchte sich zu entspannen, doch wirklich sicher fühlte er sich nicht, obschon er sämtliche Rollladen herunter gelassen hatte und den Schlüssel in der Haustür hatte stecken lassen. Nach einigen Minuten, die ihm endlos schienen, begann er, sich ruhiger zu fühlen. Er setzte sich auf den Boden der Dusche. Das warme Wasser prasselte auf ihn herab. Kurz öffnete er die Tür, langte nach dem Whisky und nahm erneut einen großen Schluck aus der Flasche. Die braune Flüssigkeit hinterließ eine heiße Spur in seiner Speiseröhre, ein scharfes Rinnsal. Er lehnte sich an die Glaswand und schloss die Augen.

Er versuchte erst gar nicht, nicht an sie zu denken, an Janine Tanner, seine jüngste Mitarbeiterin, einundzwanzig Jahre, Kurven an den richtigen Stellen, langes blondes Haar und blaue Augen. Für ihn jedoch unerreichbar, das wusste er und es saß wie ein Stachel in seinem Fleisch. Nicht nur, dass sie einen Partner hatte, nein, es war sein Alter, seine fünfzig Jahre, die zur unüberwindbaren Grenze wurden. Grenzen mochte er nicht, zumindest, wenn andere sie setzten.

Ihn reizte ihre Wehrlosigkeit, wenn er sie zurechtwies, ihr hilfloser Blick. Sie hatte dann so etwas Bittendes in ihren Augen, das ihn sehr erregte.

Gründe, sie zu kritisieren, gab es immer. Die ließen sich finden oder konstruieren, zum Beispiel, wenn sie zu lange oder zu unprofessionell mit einem Telefonkunden sprach, der eine Störung seiner Telefonanlage meldete. Oder er ließ einfach etwas von ihrem Schreibtisch verschwinden und fragte am nächsten Tag erbost nach, wo denn dieses oder jenes Schriftstück geblieben sei. Ob sie denn keine Ordnung halten könnte?

Noch einmal öffnete er die Tür der Dusche und griff nach der Flasche. Der Spiegel des Alibertschranks beschlug von dem Wasserdampf. Dann zog er die Tür wieder zu und ließ seinen Phantasien und seinen Händen freien Lauf. Er stellte sich vor, wie er Frau Tanner nachmittags in sein Büro zitieren, sie in irgendein Gespräch verwickeln würde. Und dann, beim Rausgehen, wenn sie zur Tür liefe, würde er hinter ihr sein und sie gegen die Tür drücken.

DREI

Robert Stolz hatte schon Bauchschmerzen, wenn er morgens zur Arbeit fuhr. Wenn er jemals die Chance für sich sehen würde, eine neue Arbeit zu finden, so würde er lieber heute als morgen bei der Telefongesellschaft kündigen, bei der er nun schon zwanzig Jahre arbeitete. Doch welcher Arbeitgeber stellt schon einen 55-jährigen Bewerber an?

Wenn um 6.00 Uhr der Wecker klingelte, fühlte er sich wie Blei. Die Zeiten, zu denen er dann einfach den Wecker ausgeschaltet hatte und aus dem Bett gestiegen war, waren lange vorbei. Jetzt zitterten seine Hände, wenn er nach der Uhr tastete, um sie zum Schweigen zu bringen. Die Knochen waren schwer, die Muskeln müde, sein Kopf fühlte sich an wie Watte. Er drehte sich auf die andere Seite, mit dem Gesicht zu seiner Frau Vivian, die ihn sorgenvoll ansah.

Es machte ihn traurig, dass sie sich Sorgen um ihn machte. Seine Gesichtszüge waren stets angespannt und die Farbe seiner Haut hatte jene Graufärbung angenommen, die sie von ihrem Vater kannte, kurz bevor er seinen Herzinfarkt erlitten hatte. Aber Herr Stolz war nicht nur pflichtbewusst, sondern hatte auch Angst vor der Schikane durch seinen Vorgesetzten. Schon oft hatte er seiner Frau davon berichtet, wie es in seinem Büro zuging. Sie waren eigentlich zu viert, doch seine Kolleginnen und sein Kollege, mit denen er sehr gut zurechtkam, waren oft krank. Die jüngste Kollegin, Janine Tanner, war zwar sehr intelligent und ehrgeizig, aber sie war noch nicht lange im Team und ziemlich unsicher. Sie war das gefundene Fressen für ihren Teamleiter Manfred Stein. Mehrfach hatte sich Robert für sie eingesetzt, sie in Schutz genommen, wenn Stein sie vor versammelter Mannschaft bloßstellte. Sie solle doch vielleicht besser heiraten als arbeiten.

Alle hassten Herrn Stein. Es interessierte ihn nicht, als sei die Bösartigkeit sein eigentliches Element. Besonders liebte er es, kurz vor Feierabend noch jemanden in sein Büro zu rufen. Es kam auch vor, dass er nach Dienstschluss noch im Büro blieb und die Schreibtische kontrollierte. Marianne Teubner hatte es direkt zu spüren bekommen. Als er Hormontabletten in ihrer Schublade fand, ließ er keine Möglichkeit aus, sich über ihre Hitzewellen lustig zu machen.

Er hatte nur auf einen Anlass gewartet und den fand er vor, als er das Büro betrat und sie gerade dabei war, das Fenster zu öffnen, obwohl es draußen sehr kalt war.

„Guten Morgen, Frau Teubner, ist Ihnen mal wieder zu warm?"

„Ich wollte nur etwas frische Luft herein lassen. Dann kann man sich auch wieder besser konzentrieren."

„Ach so nennt man das, wenn man Hormonprobleme hat."

Marianne errötete.

„Deswegen müssen Sie doch nicht rot werden. Hier haben bestimmt noch andere Leute mit Hormonen zu tun, nicht wahr, Frau Tanner? Junge Frauen haben doch auch schon mal Hitze im Körper.

„Könnten Sie vielleicht mal damit aufhören!", schaltete sich Robert ein.

„Wer hat Sie denn nach Ihrer Meinung gefragt? Sie sind wohl scharf auf die Kleine! Machen Sie mal schön Ihre Arbeit. Gehen Sie ans Telefon, es klingelt."

Robert nahm das Telefonat entgegen, ein kurzes Gespräch. Im Minutentakt klingelte das Telefon und die unzähligen Mails, Anfragen, Aufträge, Kritik, all das wuchs ihm allmählich über den Kopf. Er verließ den Raum und ging zur Toilette, um Ruhe zu finden. Er öffnete das Fenster, stellte sich auf den Toilettendeckel und zündete eine Zigarette an.

Aus dem Fenster zu springen, würde kein Problem lösen.

Ihm wurde schwindelig. Mehrfach hatte er versucht, ein konstruktives Gespräch mit Herrn Stein zu führen, ihn um Arbeitsentlastung gebeten. Und mehrfach hatte er ihm nahegebracht, die verletzenden Äußerungen im Büro zu unterlassen. Doch es blieb ohne Erfolg, seine Bitten blieben unerhört. So flüchtete er sich in Phantasien darüber, wie er seinem Teamleiter die Nase einschlagen und sein Schreien hören würde. Er würde ihn zu Boden werfen, ihn treten und liegen lassen. Oder ein leichter Schubs auf der Treppe, so nebenbei im Vorbeigehen wäre auch eine Alternative. Ein starkes Abführmittel im Kaffee hätte bestimmt ebenso eine gute Wirkung. Irgendetwas. Ganz egal, was. Hauptsache, es wäre ein Denkzettel.

Als Robert von der Toilette kam und zu seinem Büro zurückging, hörte er bereits vor der Tür, dass Janine weinte. Ihr Kopf lag auf der Tischplatte. Marianne versuchte, sie zu beruhigen, die Hand auf ihrer Schulter.

„Mensch, lass dich nicht so unterkriegen von diesem Idioten. Deine Arbeit hier ist gut. Wir sind froh, dass wir dich haben. Du bist jung und musst nur noch ein bisschen eingearbeitet werden. Das ist doch nicht schlimm, wenn du noch nicht alles kannst. Janine, du hast mehr drauf als er. Eines Tages wirst du das erkennen."

„Ich bin vielleicht doch zu blöd!"

„Nein! Bist du nicht! Das kann wirklich jedem passieren, dass man eine alte Mail aufruft, den Text benutzt, an einen anderen Kunden schickt und vergisst, das Datum zu ändern. Das ist kein Weltuntergang."

„Aber ich ertrage es nicht mehr. Ich ertrage das Gebrüll und die zynischen Äußerungen von Herrn Stein nicht mehr. Er ist ein Arsch, ein narzisstisches, egozentrisches Arschloch! Vielleicht ist es doch besser, wenn ich mich auf eine andere Stelle bewerbe und hier weg gehe. Aber er wird mir bestimmt kein gutes Zeugnis schreiben. Bestimmt nicht. Er macht meine Laufbahn kaputt."

„Dann gehst du zum Rechtsanwalt. Ganz einfach!"

„Wie soll man denn auch anständig arbeiten, wenn man immer Angst hat, etwas falsch zu machen und die Attacken von Herrn Stein fürchtet? Vielleicht sollten wir alle gleichzeitig einen Krankenschein einreichen. Dann kann er mal sehen, was er ohne uns macht!", mischte sich Arthur Falk in das Gespräch ein.

„Du hast ja mal Ideen, Arthur!", entgegnete Robert.

„Etwas krass, okay, aber so kann es nicht weiter gehen!", entgegnete der Kollege.

Auf dem Weg nach Hause hatte Robert die Musik in seinem Auto so laut wie nie. Bloß nichts mehr denken! Er fand einfach keine Ruhe mehr, den ganzen Tag nicht, abends nicht, nachts nicht, nirgends. Nachts lag er stundenlang wach und starrte in die Dunkelheit, dachte ununterbrochen an seinen Arbeitsplatz. Manchmal, nach kurzen Schlafphasen, wurde er schweißgebadet wach und das Erste, was ihm durch den Sinn ging, war die Frage, was er am nächsten Morgen alles zu erledigen hatte. Hin und wieder stand er nachts auf und machte sich schnell noch ein paar Notizen.

Sein Kaffeekonsum war stark gestiegen. Zwei Kannen pro Tag, um die Erschöpfung zu bekämpfen. Zwei Packungen Zigaretten und abends Bier, damit er irgendwie entspannen konnte. Seine Frau Vivian redete ihm ins Gewissen, er solle doch endlich auf seine Gesundheit achten, auf sich selbst achten, sonst hätte er eher einen Infarkt, als er vermuten würde. Sie hatte Angst, ihn zu verlieren und ihre Wut auf Herrn Stein war gepaart mit Hilflosigkeit.

Immerhin hatte er sich von ihr dazu überreden lassen, einen Checkup bei seinem Hausarzt durchführen zu lassen.

Dr. Stern hatte einen sehr nachdenklichen Gesichtsausdruck, als er sich die Untersuchungsbefunde anschaute: Cholesterin zu hoch, schlechte Leberwerte, hoher Blutdruck, hoher Puls, Stress, Bewegungsmangel, blass-graue Haut, dunkle Augenränder.

„Ihre Frau hat Recht, Sie steuern auf einen Infarkt zu, wenn Sie so weiter machen."

„Ach was!", sagte Robert leise.

„Das höre ich so oft von den Männern. Und dann fallen sie um wie die Fliegen. Ihre Risikofaktoren sprechen eine eindeutige Sprache. Und Sie haben enormen Stress auf der Arbeit. Schlafstörungen haben Sie auch noch. Meines Erachtens sind Sie bald völlig ausgebrannt."

„Dr. Stern, Sie über-, ü-, übertreiben." Er schaute auf seine Fußspitzen, schämte sich für sein Stottern. Seine Augen wurden rot. Dann kamen die ersten Tränen. Er konnte sie nicht mehr aufhalten.

Hilfesuchend schaute Vivian zu Dr. Stern. Dieser stand auf, stellte sich neben Robert, legte seine Hand auf seine Schulter, klopfte etwas kumpelhaft auf seinen Rücken, wie Männer es eben tun, wenn sie Anteilnahme ausdrücken.

„Ich schreibe Sie jetzt erst einmal zwei Wochen krank. Dann kommen Sie wieder und ich vergewissere mich, wie es Ihnen geht. Wenn ich der Ansicht sein sollte, dass es Ihnen schlecht geht, schreibe ich Sie weiter krank. Außerdem, ich weiß, dass das jetzt eine harte Pille für Sie sein wird, möchte ich Sie zu einem Psychologen überweisen. Jetzt bitte nicht sofort abwehren. Keine Bange, ich halte Sie nicht für verrückt, aber ich denke, Sie brauchen dringend Hilfe, damit Sie lernen, sich besser um sich selbst zu kümmern und sich abzugrenzen. Sie können gut fachliche Unterstützung gebrauchen, damit Sie wieder aus dem Hamsterrad herauskommen und Entspannung finden. Und zwar ohne Alkohol."

„Ich weiß nicht.", wehrte sich Robert.

„Aber ich. Ich bin Ihr Arzt. Vertrauen Sie mir. Ich schreibe Ihnen die Adresse von einem sehr netten und fähigen Psychologen auf. Ich kenne ihn schon lange. Ich denke, Sie werden gut mit ihm klar kommen. Ich kündige Sie schon mal bei ihm an."

Robert nickte stumm. Vivian reichte ihrem Mann ein Taschentuch.

Dankbar nickte sie Dr. Stern zu. Sie hatte ihm, als sie selbst kürzlich bei ihm zu einer Untersuchung war, längst berichtet, wie schlecht es ihrem Mann ging.

Robert nahm den Zettel von Dr. Stern entgegen und las laut: *Diplom-Psychologe Justin Nox.*

„Rufen Sie ihn nachher ruhig schon an. Ich sage ihm Bescheid, dass Sie sich melden."

„Danke."

Robert reichte ihm die Hand und begann wieder zu weinen.

„Entschuldigen Sie bitte."

„Sie müssen sich nicht entschuldigen, dass Sie weinen. Lassen Sie es einfach raus."

Eine Woche später hatte Robert einen Termin, was sehr ungewöhnlich war. Wer weiß, wie dringlich Dr. Stern seinen „Fall" gemacht hatte. Justin Nox hatte seine Praxis in Oberhausen, direkt am Centro, einem riesigen Einkaufszentrum mit vielen Geschäften, Lokalen, Kinos. Genug Gelegenheiten, um wahllos oder auch überlegt Geld auszugeben für sinnvolle und sinnlose Gegenstände.

Das Centro war schnell zu erreichen und Parkplätze gab es dort auch genug.

Robert fühlte sich äußerst unbehaglich, als er sich auf den Weg machte. Es war ein kalter Novembertag. Die Sonne tauchte wie ein roter Feuerball zwischen den Häusern auf. Nebel lag über den Feldern, als er in Richtung Autobahn fuhr. Er schaltete die Sitzheizung in seinem Wagen an. Das Autoradio spielte *Zu viel Information* von Annett Louisan. Er seufzte.

Ja, sie spricht mir aus der Seele, dachte er. Tag ein, Tag aus wird man ständig mit irgendwelchen Informationen berieselt wie saurer Regen, der auf einen herunter tröpfelt. Abhauen, einfach abhauen. Danach sehnte er sich immer mehr. Aber er wusste, dass ihm dies nicht möglich war. Er wurde gebraucht, auf der Arbeit, von seiner Frau, seinen Töchtern Tanja und Tina. Sein Gewissen würde es niemals zulassen, dass er irgendjemanden im Stich lassen würde.

Als er in das Parkhaus fuhr in der Nähe der Kinos, war Robert überrascht, dass er sein Ziel schon erreicht hatte. Wo waren die letzten Minuten geblieben? Er hoffte, dass er nicht zu schnell gefahren und geblitzt worden war.

Sein Herz schlug ihm bis zum Hals. Er fand einen Parkplatz direkt im Erdgeschoss. Noch eine Stunde Zeit bis zum Termin. Robert stieg aus seinem Wagen.

Er zündete sich eine Zigarette an und verließ das Parkhaus. Ein klarer, kalter Morgen. Er ging auf die Promenade zu, dort, wo sich ein Lokal an das andere reihte. Ein junges Paar hastete lachend an ihm vorbei. Ihr Atem verteilte sich in der Luft. Er war zu müde, um sich daran erinnern zu wollen, wie es damals bei ihm und Vivian war. Verwundert stellte er fest, dass das Lokal direkt am Anfang der Promenade, das Alex, draußen Tische eingedeckt hatte. Über den Stühlen hingen Decken. Zwischen den Tischen entdeckte er Heizpilze. Macht man das heutzutage so? Er konnte es nicht sagen. Die Welt war ihm fremd geworden. Sie war nur noch eine Passage, die er zwischen seinem Zuhause und seiner Arbeit durchquerte. Für anderes blieb weder Zeit noch Kraft.

Als er das Lokal betrat, überflutete ihn ein Meer an Geräuschen. Laute Musik, Geklapper von Besteck und Geschirr, Gelächter, Husten, Mütter, die hinter ihren Kindern herriefen, Geschiebe von Stühlen. Robert widerstand dem Impuls, sofort wieder hinaus zu laufen. Er fasste sich an die Ohren. Ein Kellner trat an ihn heran.

„Sie suchen einen Platz?"

„Äh, ja, einen Platz."

„Kommen Sie mal mit. Da hinten."

Robert trottete hinter ihm her.

Mit seiner Rechten wies der Kellner auf einen Tisch in der Nähe eines Kamins, der aber nur eine Attrappe war, wie ein Fernseher, der unaufhörlich flackernde Flammen zeigte.

Das Leben ist schön, stand in großen Buchstaben an der Wand.

„Wissen Sie schon, was Sie trinken wollen?"

„Einen Kaffee bitte."

„Gern."

Und schon war der Kellner entschwunden.

Robert starrte den Spruch an.

Das Leben ist schön.

Er konnte seinen Blick nicht abwenden.

Der Kellner, ein Mann um die Mitte Zwanzig, gut aussehend, trainiert, gepflegt, stellte den Kaffee auf den Tisch.

„Nicht wahr?"

Robert zuckte zusammen.

„Wie bitte?"

„Das Leben ist schön. Sie schauen die ganze Zeit zur Wand, zu dem Spruch."

„Ja?"

„Ja. Lassen Sie sich den Kaffee schmecken."

„Danke."

Vorsichtig nippte er an der Tasse und ließ seinen Blick durch den Raum schweifen. Offensichtlich hatten sich all die Leute zum Frühstücksbuffet eingefunden. Sie liefen ständig zur Theke und häuften sich die Teller voll. Der Lärm schien sie nicht zu stören. Das Leben ist schön. Robert kratzte sich an der Hand. Trockene Haut. Ein Mann mit einem Bauch so dick wie bei einer Schwangeren schwankte auf das Buffet zu, lud sich bergeweise Rührei und Speck auf den Teller, dazu Würstchen. Robert nahm einen weiteren Schluck Kaffee. Das Leben ist schön. Ich hasse meinen

Chef. Ich kann meine Kollegin Janine nicht schützen, wenn ich einen Krankenschein habe. Das Leben ist schön. Was zur Hölle soll ich gleich dem Psychologen erzählen? Er kratzte sich am Hals. Ständig juckte es irgendwo.

„Möchten Sie etwas frühstücken?"

Der smarte junge Kellner tauchte wie aus dem Nichts auf.

„Nein danke. Ich möchte zahlen."

„Jetzt schon? Sie sind doch gerade erst gekommen."

„Das Leben ist schön, das steht da an der Wand, ja. Aber sagen Sie mal, finden Sie es hier wirklich schön? Der ganze Lärm. Das ist ja kaum zum Aushalten."

Robert setzte seine Lesebrille auf und bezahlte die Rechnung.

Fluchtartig verließ er das Lokal. Die kalte Luft tat gut.

Das Leben ist schön, das ist eine echte Luxus-Aussage. Wie oft soll ich sie mir vorsagen, um daran zu glauben? Und in welchen Ländern dieser Erde können Menschen eine solche Aussage überhaupt über die Lippen bringen?

Auf dem Weg zu Justin Nox überlegte er hin und her, wie er das Gespräch beginnen sollte. Und wenn mir nichts einfällt? Wenn ich nur dasitze und kein Wort herausbringe oder nur unsinniges Zeug rede? Eigentlich gibt es doch gar keinen Grund, um zum Psychologen zu gehen. Ich bin doch nicht verrückt. Andere haben viel schlimmere Probleme.

Seine Beine zitterten beim Laufen. Er verlangsamte seinen Schritt und lehnte sich an eine Litfasssäule. Alles drehte sich um ihn herum. Wird schon wieder. Tief durchatmen. Das Leben ist schön. Er fühlte die warme Nässe über seine Wangen laufen. Jetzt nicht auch noch weinen. Alles ist gut. Er stellte den Kragen seines Mantels auf und rückte den Schal zurecht.

Justin Nox öffnete die Tür und bat ihn, für einen kurzen Moment im Wartezimmer Platz zu nehmen. Eigentlich hatte er sich einen Psychologen anders vorgestellt. Er wusste zwar nicht, wie, aber auf jeden Fall nicht so. Er sieht ja ganz normal aus, dachte er. Jeans, Hemd, Sakko, schlank, kurzes braunes Haar. Unwillkürlich musste er den Kopf schütteln. Was für einen Quatsch denke ich mir nur zusammen!? Psychologen sind schließlich auch normale Menschen. Warum sollten sie dann nicht auch normal aussehen? Zum Glück kann keiner hören, was ich denke.

Kurz darauf erschien Herr Nox wieder in der Tür und bat Robert, ins Behandlungszimmer zu kommen. Ihm war mulmig zumute. Überrascht stellte er fest, dass der Therapieraum gemütlich aussah und nicht wie ein steriles Behandlungszimmer.

„Nehmen Sie Platz, Herr Stolz."

„Wo denn?"

„Das können Sie sich aussuchen."

„Egal wo?"

„Wählen Sie."

Er ließ sich in einen weichen Ledersessel sinken.

„Was führt Sie heute zu mir? Wie kann ich Ihnen helfen?"

„Mein Hausarzt meint, ich solle eine Therapie machen."

„Und was meinen Sie?"

„Ich weiß nicht. Ich habe wohl Stress auf der Arbeit. Mein Vorgesetzter ist ein Tyrann und er schikaniert jeden."

Er verschränkte die Arme vor seinem Körper.

„Jeden?"

„Ja. Wenn man es nicht selbst erlebt, kann man es kaum glauben."

„Ich glaube Ihnen. Was machen Sie denn beruflich?"

„Ich bin bei einer Telefongesellschaft angestellt, habe telefonisch Kundenkontakte, muss mich um gemeldete Störungen kümmern, muss Mails bearbeiten, Büroarbeiten. Wir sind zu viert im Büro. Das meiste erledige ich allerdings, da die Kollegen öfter mal krank sind und fehlen."

„Wegen des Chefs?"

„Kann man so sagen. Bei meiner jüngsten Kollegin gehen seine Bemerkungen sogar unter die Gürtellinie. Sie weint öfter, kann sich nicht wehren gegen ihn."

„Und das tut Ihnen leid?"

„Sehr. Selbst nachts denke ich an die Arbeit."

„Sie schlafen schlecht? Sie sehen auch sehr müde aus und blass."

„Jede Nacht werde ich wach, bin schweißgebadet und dann denke ich immer an die Arbeit, was ich noch erledigen muss, ob ich etwas vergessen habe, wie mein Chef wieder mit der jungen Kollegin umgegangen ist und auch mit den älteren Kollegen. Ich denke darüber nach, was mich am nächsten Tag im Büro erwartet, welche Laune mein Chef diesmal hat."

„Dann sind Sie morgens sehr gerädert, nicht wahr?"

„Ja. Ich zittere, als wenn ich keine Kraft mehr hätte. Ich muss viel Kaffee trinken, um wach zu werden und zu bleiben. Abends trinke ich dann ein Bier, um überhaupt etwas entspannen zu können."

„Rauchen Sie?"

„Ja. Jetzt wollen Sie bestimmt wissen, wieviel? Mehr als eine Schachtel. Mein Vorgesetzter führt Strichliste darüber, wenn ich in den Hof gehe, um eine Zigarette zu rauchen. Die Minuten muss ich dann länger bleiben. Darum rauche ich manchmal heimlich auf Toilette bei geöffnetem Fenster. Er selbst raucht allerdings auch. Aber für ihn gelten andere Gesetze."

„Was machen Sie, wenn Sie nach der Arbeit nach Hause kommen?"

Robert schaute zum Fenster hinaus. Der Himmel war klar. Ein Flugzeug hinterließ einen Kondensstreifen.

„Wenn ich nach Hause komme? Nun, ja, ich bin so um 17.30 zu Hause, oft auch später. Ich bin müde."

Er kämpfte mit seinen Tränen.

Herr Nox fühlte die tiefe Erschöpfung seines Patienten, seine Niedergeschlagenheit, die er nicht wahrhaben wollte, seinen inneren Kampf, den Versuch, Fassung zu wahren.

„Sie sind sehr erschöpft."

Die ersten Tränen liefen über sein Gesicht.

„Entschuldigen Sie, bitte. Was ist nur aus mir geworden? Nichts mache ich mehr. Gar nichts. Ich bin zu nichts mehr zu gebrauchen. Ich bin nur noch eine Last für meine Familie. Ich erkenne mich selbst nicht mehr."

Robert schluckte seine Tränen hinunter, holte tief Luft und hob seinen Kopf. Graue Strähnen durchzogen sein glattes dunkles Haar.

„Wann hatten Sie eigentlich das letzte Mal Urlaub?"

„Den letzten Urlaub musste ich verschieben, weil ich spät abends noch einen Anruf von meinem Vorgesetzten bekommen hatte. Mein Kollege, Herr Falk, hatte sich krank gemeldet und die ältere Kollegin, Frau Teubner, war ebenfalls krank und zwar schon seit einer Woche. Er setzte mich unter Druck. Ich wusste gar nicht, wie ich das meiner Familie beibringen sollte."

„Sie haben den Urlaub also verschoben?"

„Ja, um zwei Wochen. Nur wegen der langen Sommerferien war das möglich. Meine Töchter müssen schließlich zur Schule. Ich glaube, meine Frau hasst meinen Chef."

„Und Sie?"

„Ich bin abhängig von ihm."

„Das beantwortet meine Frage aber nicht."

„Ob ich ihn hasse? Darf man seinen Chef hassen?"

VIER

Dann tun Sie etwas Ungewöhnliches.

Mit diesem Gedanken betrat Vera Weiß die Praxis ihres Therapeuten Heinrich Hugott.

Als sie sich ihm gegenüber setzte, huschte ein Lächeln durch ihr Gesicht.

„Sie beginnen das Gespräch mit einem Lächeln?"

„Ihnen bleibt auch nichts verborgen."

„Das würde ich nicht sagen."

„Ich bin Ihrer Anregung gefolgt und habe etwas Ungewöhnliches getan."

Er schwieg, beobachtete aber wachsam jede Regung in ihrem Gesicht.

„Ich habe mich in einem Forum angemeldet. Meine Freundin hat davon so oft gesprochen."

„Eine Partnerschaftsvermittlung?"

„Der besonderen Art."

Sie schaute zu Boden, kratzte mit den Fingernägeln an ihrem Rock.

„Was bedeutet das?"

Sie kaute auf ihrer Lippe.

Dr. Hugott beugte sich vor, auf eine Antwort wartend.

„Nun? Was für ein Forum ist das?"

„Es ist ein Forum für BDSM. Wissen Sie, was das ist?"

Er nickte.

„Ist ja in aller Munde und mittlerweile fast salonfähig."

„Jetzt halten Sie mich bestimmt für total bekloppt, oder? Sehen Sie mal, ich greife Ihre Anregungen auf. Das haben Sie nun davon."

„Nun, als ich sagte, Sie könnten ja mal etwas Ungewöhnliches tun, da habe ich nun wirklich nicht an ein solches Forum gedacht. Ich bin überrascht."

„Das bin ich allerdings auch."

Draußen setzte die Dämmerung ein. Die letzten Sonnenstrahlen fielen durchs Fenster. Herr Hugott knipste seine Schreibtischlampe an. Sie versuchte, in seiner Mimik zu lesen. Meistens gab es da nichts zu lesen, als seien seine Gesichtsmuskeln eingefroren. Jetzt allerdings schien er wirklich überrascht zu sein. Oder entsetzt?

„Haben Sie denn schon Kontakte gefunden?"

„Ich habe mit einem Mann geschrieben, der sich *Sir Dom* nennt. War eigentlich ganz nett. Das Forum heißt übrigens King-Dom. Von daher ist der Name Sir Dom nicht gerade einfallsreich. Mein Name ist es vielleicht auch nicht. Ich heiße dort *Lady Morgan*. Fiel mir einfach so ein. Irgendwie hatte der Schriftwechsel etwas ganz Besonderes. Kann es noch nicht genau beschreiben."

„Wie sind Sie verblieben?"

„Wir werden uns wieder schreiben, denke ich. Ich hatte auch noch Mails von anderen Männern. Das habe ich zumindest zwischendurch bemerkt, dass da Mails in meinem Postfach ankamen. Aber um die habe ich mich noch nicht gekümmert. Ein anderer hieß *Fürst der Finsternis* und wieder ein anderer nannte sich *Sir Limit*. Ich habe die Mails von denen nur kurz angeklickt, aber nicht beantwortet."

„Wie fühlten Sie sich nach dem Kontakt mit Sir Dom?"

„Eigenartig. Irgendwie intensiv und surreal. Auch beschwingt, würde ich sagen."

Hugotts Finger turnten beinahe behände auf der Tastatur seines Computers.

„Es reizt sie?"

„Ich glaube schon. Irgendwie. Finden Sie, ich sollte es besser unterlassen?"

Er warf ihr einen stummen Blick zu und überlegte einen Moment, bevor er antwortete.

„Passen Sie auf sich auf, Frau Weiß."

„Das tue ich doch."

„Bestimmt?"

Sie schwieg. Er beobachtete sie.

„Gab es auch irgendwelche Alternativen, etwas Ungewöhnliches zu tun?"

Abwesend schaute sie auf ihre Schuhe, frisch geputzte schwarze Stiefeletten aus weichem Leder.

„Ob es Alternativen gab? Die gibt es bestimmt. Mir fiel nur auf die Schnelle nichts Besseres ein. Als erstes fiel mir der Tipp meiner Freundin ein."

Er trommelte mit den Fingern auf seiner Armlehne.

„Sie begeben sich vielleicht in Gefahr, Frau Weiß."

„Ein bisschen mulmig ist mir schon. Aber es ist ja nur Tipperei am PC. Aber da gibt es noch etwas anderes. Ich habe manchmal so merkwürdige Träume."

Sie wechselt das Thema, dachte er.

„Was für Träume?"

„Aber Sie dürfen mich nicht für verrückt erklären, okay?"

„Das tue ich nicht. Das habe ich noch nie getan."

„Ich träume immer wieder von so einem dunklen Raum. Nur Kerzenlicht brennt. Darin sind ein paar Menschen, wenige nur, drei oder vier und sie flüstern. Ich kann nicht verstehen, worüber sie sprechen, auch nicht ihre Gesichter sehen. Sie haben Kapuzen. Sie sitzen um einen runden Tisch, jeder legt eine Hand in die Mitte und sie legen die Hände übereinander. Es wirkt wie eine Verschwörung oder Beschwörung. Es ist gruselig."

„Und?"

„Diesen Traum habe ich öfter. Es ist, als ob er mir irgend etwas sagen will. Ich weiß aber nicht, was? Es fühlt sich an wie eine Gefahr."

„Er macht Ihnen Angst?"

„Ja."

„Was fällt Ihnen denn spontan ein zu diesem Traum?"

„Ich weiß, dass das völliger Unsinn ist, aber spontan fällt mir dazu ein, dass etwas Schreckliches passieren wird. Ist nur so ein Gefühl."

Bei der Verabschiedung legte er flüchtig seine Hand auf ihre Schulter.

„Passen Sie auf sich auf. Und überlegen Sie, was Sie denn sonst noch Ungewöhnliches tun könnten, außer sich in solch einem Forum aufzuhalten, okay? Denken Sie bei dem Wort *ungewöhnlich* mal eher in die Richtung *lebendig und etwas anderes als der ständige Alltag.*

„Mache ich. Versprochen."

Vera trat auf die Straße hinaus, gequält von einer extremen inneren Unruhe. Die Dunkelheit legte sich wie eine schwere Decke über sie. War Hugott enttäuscht? Rät er mir davon ab, mit dem Forum weiterzumachen? Wahrscheinlich. Ich soll auf mich aufpassen. Mache ich doch. Es drängte sie, möglichst schnell nach Hause zu kommen. Sie wollte nachschauen, ob sie eine Nachricht von *Sir Dom* bekommen hatte.

Heinrich Hugott freute sich auf einen ruhigen Abend mit seiner Frau. Doris hatte ihm zwischendurch eine Mitteilung über WhatsApp geschickt und ihm mitgeteilt, dass sie am Abend doch nicht mehr fort müsse. Daraufhin fragte er, ob sie etwas Leckeres kochen könne. Sie antwortete, er solle sich überraschen lassen. Er kannte sie nur zu gut. Sie liebte es, ihm eine Freude zu machen.

Ihm lief das Wasser im Mund zusammen, als er zu Hause ankam, sich leise in die Küche schlich und sie zärtlich von hinten in die Arme schloss. Sie stand am Herd und hatte ihn nicht kommen hören. Sie erschrak, als er ihr um die Taille griff.

„Mensch, musst du mich so erschrecken!?"

Er drehte sie zu sich herum und küsste sie. Sie konnte ihm nicht lange böse sein im Gegensatz zu seiner ersten Frau. Ständig hatte diese irgendetwas auszusetzen gehabt und an ihm herumgenörgelt. In seiner zweiten Ehe mit Doris hatte er endlich eine Frau gefunden, die ihn zu nehmen wusste, die merkte, wann er einfach in Ruhe gelassen werden wollte, weil ihn die Arbeit anstrengte und die ihn einfach so sein lassen konnte, wie er war. Und er liebte die gemeinsamen Abende mit ihr, ihre Nähe, ihre liebevolle Art, ihn zu umsorgen, miteinander zu reden oder einfach nur gemütlich aneinander gekuschelt auf dem Sofa zu liegen und Musik zu hören. Sie war die einzige Frau, die er kannte, die ein leidenschaftliches Interesse an Naturwissenschaften hatte. Ihre klare Art zu denken und zu schlussfolgern, kam ihm schon oft zu Hilfe, wenn er sich bei seiner Arbeit in endlosen Deutungen und Interpretationen verlor.

Kennengelernt hatten sie sich rein zufällig in einer Mittagspause im Café Extrablatt in Oberhausen auf der Marktstraße. Während er Tagliatelle mit Basilikum, Pesto und

Salat aß, stocherte sie offensichtlich unzufrieden in einer Lasagne herum. Was ihm sofort auffiel, war das Tattoo an ihrem rechten Unterarm; eine Schlange, die sich in den Schwanz biss.

Daran gewöhnt, über alles sprechen zu können und zu müssen, sich in Bereichen jenseits von Tabugrenzen auszukennen, da seine Patienten ihn mit allem konfrontierten, war es für ihn ein Leichtes gewesen, sie auf die Tätowierung anzusprechen. So waren sie ins Gespräch gekommen.

Er erfuhr, dass sie Doktor der Chemie war und die Tätowierung eine Anspielung an den Chemiker Kekulé war, der aufgrund eines Traumes, in dem sich eine Schlange in den Schwanz biss, die Ringstruktur des Benzol-Moleküls entdeckte.

Dies hatte Hugott dermaßen beeindruckt, dass er ihr zum Abschied seine Visitenkarte reichte.

Sie lachte herzhaft.

„Denken Sie, ich habe wegen der Tätowierung eine Therapie nötig oder wollen Sie mich einfach auf die Couch legen?"

„Nein, natürlich nicht," sagte er schmunzelnd. „Es würde mir vorerst reichen, mit Ihnen auf meinem Sofa einen Kaffee zu trinken."

„Da bin ich ja beruhigt."

„Alles andere würde mich auch überfordern."

FÜNF

Es war einer jener Tage, an denen man den Eindruck hatte, dass die Morgendämmerung nahtlos in die Abenddämmerung überzugehen schien. Man wünschte sich nach Hause, wo es warm war und wo man bei gemütlichem Licht in Ruhe dem schäbigen Wetter zum Trotz und gegen den Rest der Welt einen heißen Tee trinken konnte.

SIE, die sich den Namen Selene gegeben hatte, nahm ihr Prepaid-Handy und tippte die ihr vertraute Nummer, immer aus dem Gedächtnis heraus. Niemals vergaß sie, diese nach jedem Gespräch sofort aus der Protokoll-Liste zu löschen. Sollte sie jemals ihr Handy verlieren, so sollte es spurenlos sein.

Freizeichen. Dann die erwartete Stimme, ein fragendes „Ja?".

Ihre ritualisierte Antwort, ein Zitat aus Shakespeares Macbeth, der Erkennungscode:

„When shall we three meet again? In thunder, lightning or in rain?"

Sofort folgte die Erwiderung:

"When the hurlyburly´s done, When the battle´s lost and won. Die Würfel sind gefallen. Es wird vollbracht sein, noch bevor die nächste Woche beginnt."

Sie wartete einen kurzen Moment.

„Sei vorsichtig, lieber Pan!"

„Natürlich. Ich werde sein wie ein Geist. Wir treffen uns am Sonntag um 22.00 Uhr bei mir."

Sie mochte seine tiefe Stimme, seine Sprachmelodie. „Soll ich klingeln?"

„Nein. Wir sind im Keller und warten auf dich. Klopf dreimal an die Tür. Meine Frau schläft dann schon."

SECHS

Pastor Enze predigte leidenschaftlich, seine dunkle Stimme war kräftig, dabei trotzdem ruhig, die Worte bildhaft und sorgsam gewählt, treffsicher, manchmal etwas länger im Raum verweilend. Andere Worte wieder preschten schnell hervor, wobei er die Stimme erhob, fordernd, lockend, aber niemals den Eindruck erweckend, dass er ein starrer Moralapostel sei, obschon er hohe Werte vertrat. Er wollte in anderen entzünden, was selbst in ihm brannte. Er glaubte an die Kraft der Liebe und dass es gar nicht so schwer sei, Nächstenliebe zu praktizieren. Er berichtete von ganz alltäglichen Situationen, in denen sie sich zeigte und dass es gar keiner großen Taten bedürfe. Es gebe so viele Möglichkeiten, Nächstenliebe in sein Leben zu integrieren. Mit dem Auto anhalten, wenn es regnet und ein Mensch ohne Schirm am Straßenrand steht, um es ihm zu ermöglichen, schnell weiter zu kommen. Sich in der Nachbarschaft gegenseitig unterstützen.

Dabei schaute er selbstsicher zu den Zuhörern und suchte den kurzen, persönlichen Blickkontakt, nickte bekräftigend mit seinem Kopf, wobei seine grauen Locken wippten und lächelte freundlich. Pastor Enze war von durchschnittlicher Statur, mittelgroß und schlank, doch während er predigte, gestikulierte er dermaßen lebhaft mit seinen Händen und Armen, dass einem viel gewaltiger und größer vorkam, als er tatsächlich war. Seine Messdiener schmunzelten, weil sie sich vorstellten, dass er ein großer Baum mit wedelnden

Ästen sei. Seine dichten Locken kamen ihnen stets wie eine Baumkrone vor. Aber sie sagten es ihm nicht, obschon er den Scherz sicherlich mit einem Lächeln bedacht hätte.

Plötzlich, nachdem er in gewohnter Weise seinen Blick durch die Reihen schweifen ließ und Blickkontakt aufgenommen hatte und wohlwollend lächelte, erstarrten seine Gesichtszüge, wurden maskenhaft, reglos für einen kurzen Moment, der gewiss nur einem sensiblen Beobachter aufgefallen wäre. Die dicken weißen Kerzen auf den Stufen zum Altar flackerten. Ruß stieg auf.

Der Mann, der seinen Blick so intensiv erwiderte, kam ihm seltsam bekannt vor. Doch er war nicht der Gegenwart zuzuordnen. Es war ein Gesicht der Vergangenheit. Ihm war unbehaglich. Pastor Enze wandte seinen Blick ab. Fragen begannen, ihn zu quälen, wie sie jemanden quälen, der etwas zu verbergen hat. Ob er mich immer noch anschaut, wenn ich wieder hoch sehe? Er stöberte in seinem Gedächtnis. Irgendjemand hustete. Ein Kind begann zu quengeln. Allmählich, in Zeitlupentempo setzte sich ein Bild zusammen. Dann wurde ihm schmerzhaft bewusst, wer er war, dieser Mann, der ihn unerbittlich fixierte mit seinem Blick. Amadeus, du bist es. Du bist zurückgekommen.

Enze fasste sich an die Stirn. Er fühlte Schweiß an seinen Fingern. Mit einmal wurde ihm unerträglich heiß. Jeder Muskel in seinem Körper war angespannt. Wieder schaute er zu dem jungen Mann. Ihre Blicke trafen sich und er wusste, woran Amadeus dachte. Wehmütige Erinnerungen, süß und schmerzlich, drängten sich auf, ließen ihn in seiner Rede stolpern. Scham stieg in ihm auf. Er neigte seinen Kopf zur Seite und schaute ins Leere, als suche er Hilfe aus dem Nichts. Die Messdiener warfen sich Blicke zu, die braven

Kirchgänger bedachten seine Unpässlichkeit mit Wohlwollen. Endlich war auch Pastor Enze mal nicht perfekt, auch wenn es nur eine belanglose Holprigkeit in seinem Redefluss war.

Amadeus wickelte eine Haarsträhne um seinen rechten Zeigefinger, genau wie damals. Jugendliche Verträumtheit. Gesten überdauern Jahre. Seine großen, dunklen Locken lugten unter seiner blauen Baskenmütze hervor. Er war mittlerweile ein junger Mann von zweiundzwanzig Jahren, aber seine weichen Gesichtszüge, feinsinnig und klug, hatten die Anmutung eines Jugendlichen, vielleicht eines Siebzehnjährigen. Er hatte das Gesicht des Tadzios, als habe Thomas Mann ihn aus seinem Buch entlassen oder als sei er ihm eigenmächtig entstiegen.

Der *Tod in Venedig* war das Tor, durch das sie geschritten waren. Tadzio, du bist lange genug durch die Gassen Venedigs gewandert und hast endlich wieder den Weg in meine Kirche gefunden. Ich habe lange auf dich gewartet: Tadzio, Amadeus. Er hatte ihn Tadzio genannt.

Oben an seinem Rednerpult fühlte Pastor Enze die eindringlichen Blicke des herangereiften Amadeus wie einen stummen Vorwurf.

Der Junge war damals sehr verwirrt, zu jung, um auszuweichen, zu perplex, gefangen in den Träumen des Älteren, der ihn hofierte, ohne dass er je die Möglichkeit empfunden hätte, es ansprechen oder entweichen zu können.

Der Klang von Traurigkeit begleitete nun Enzes Rede.

Wo ist die Grenze? Wie weit willst du geh'n? Verschweige die Wahrheit, ich will sie nicht seh'n.

Spontan jagten diese Sätze durch seine Gedanken. Es waren Zeilen aus einem Lied, dessen Titel er vergessen hatte. Es fiel ihm schwer, sich zu konzentrieren.

Amadeus zog seine Baskenmütze ab. Seine braunen Haare glänzten im Licht. Pastor Enze fühlte sich ausgeliefert, hilflos gegenüber seinen Empfindungen, die ihn reflexartig überfluteten. Zu viele Erinnerungen in meinem Kopf, dachte er, zu viel Musik, zu viele Lieder und all diese Zeilen, die ich auswendig weiß.

Es wird morgen, du bist noch da. Das erste Licht fällt auf dein Haar. Ich möcht' dich berühren, doch ich bewege mich nicht. Ich schau dich nur an, mich blendet das Licht.

Hier fiel ihm der Titel sofort ein: *All That Heaven Allows.* Genau, von der Gruppe Fehlfarben. Er errötete. Seine Wangen glühten. Verzweifelt schaute er zur Decke, als hoffe er auf Vergebung von oben. In den Reihen wurde leise getuschelt. Pastor Enze musste das nächste Lied ankündigen. Die Gemeinde wartete. Seine Beine zitterten. Amadeus blätterte im Gesangsbuch. Die Orgel erklang, die Anwesenden begannen zu singen.

Fest soll mein Taufbund immer stehn,
ich will die Kirche hören!
Sie soll mich allzeit gläubig sehn
und folgsam ihren Lehren!
Dank sei dem Herrn, der mich aus Gnad,
in seine Kirch berufen hat,
nie will ich von ihr weichen.

Pastor Enze sehnte das Ende herbei.

Seine Kirche war im Vergleich zu den anderen Kirchen in der Umgebung gut besucht und im Kirchenchor befanden sich mehrere musikalische Talente. Er verstand es gut, mit Menschen umzugehen, sie zu begeistern, zu führen und an die Gemeinde zu binden, so dass seine Pfarre eine Menge gesellschaftlicher Angebote bereithalten konnte: Gesprächskreise, eine Handarbeitsgruppe, der Kirchenchor, Seniorencafé, Treffen für Trauernde und er persönlich gab Gitarren-, Klavier- und Orgelunterricht zusammen mit dem Chorleiter.

Längst schon liefen die Vorbereitungen für Weihnachten. Zur Christmette kamen mittlerweile sogar Besucher aus der Nachbarstadt.

Amadeus war sein Musikschüler und er hatte ein begnadetes Talent. Seine Eltern waren beide Musiker und seine Mutter hatte eine Vorliebe für Mozart. Darum gaben sie ihrem Sohn den Namen und er machte ihm alle Ehre. Mit fünf Jahren bekam er von seiner Mutter den ersten Klavierunterricht. Als er mit zwölf Jahren bei Pastor Enze mit dem Orgelunterricht begann, war er bereits perfekt auf dem Klavier.

An manchen Abenden saß Amadeus ganz alleine in der Kirche und spielte die Orgel. Pastor Enze setzte sich dann in die hinterste Kirchenbank, schloss die Augen, lauschte und träumte. Doch eines Tages machte der Traum sich selbstständig. Wie aus der Ferne sah er sich an jenem Abend im Mai die Stufen zur Orgel hinaufsteigen und neben den Jungen setzen. Nur kurz hob dieser seinen Kopf. Dieses unschuldige Lächeln. Seine Musik, von Gott gegeben. Er stand auf, trat hinter Amadeus, legte seine Hände auf seine zarten Schultern und schlich sich in die Träume des Zwölfjährigen. Zehn Jahre waren seitdem vergangen.

Mit einer kurzen ruckartigen Kopfbewegung holte Pastor Enze sich in die Gegenwart zurück. Die Gemeinde hatte aufgehört zu singen. Er ergriff das Wort.

Am Ende der Messfeier verschwand Amadeus in der Menge. Pastor Enze verabschiedete seine Messdiener in der Sakristei. Es roch nach Weihrauch und Kerzen. Er hörte, wie die Tür ins Schloss fiel. Lachend entfernten sich die Messdiener. Dann war es still. Er zog sich um, nahm die Flasche mit dem Messwein, goss sich etwas in ein Glas und ging die Stufen zur Orgel hinauf. Er knipste die Orgelleuchte an, setzte sich, als wenn er spielen wollte und nippte an dem Wein. Der Abdruck seiner Lippen auf dem Glas. Doch in dem Moment, in dem er seine Finger auf die Tasten legte, hörte er das Kirchtor ins Schloss fallen. Er lauschte. Die Stille in einer Kirche ist von besonderer Art. Schritte von Ledersohlen. Amadeus. Du kommst zurück. Ich habe mit dir gerechnet. Unruhe machte sich in ihm breit. Er leerte das Glas in einem Zug und setzte an, die Toccata zu spielen. Majestätische Klänge durchschnitten die Stille. Amadeus liebte dieses Stück. Er wollte ihm eine Brücke bereiten, über die er zu ihm schreiten konnte. Ein sehnsüchtiger Ruf. Gleich würde er hinter ihm stehen. Angst und Wehmut stiegen in ihm auf, verliehen dem Orgelspiel jene verzweifelte Leidenschaft, die Amadeus sofort erspüren würde. Er hatte ein feines Gespür. Ein Schatten fiel auf das Notenblatt. Pastor Enze drehte sich nicht um.

Doch dann fühlte er eine Schlinge um seinen Hals, fest und unerbittlich. Sie schnitt in seine Haut. Er riss seine Hände von den Tasten, versuchte sich zu befreien. Doch der andere drückte ihn rücklings gegen seinen Körper und zog die Schlinge gnadenlos zu.

SIEBEN

Neugierig schaltete Vera Weiß ihren PC an und loggte sich bei King-Dom ein. Überrascht stellte sie fest, dass sie Nachrichten von mehreren Männern bekommen hatte.

Sir Dom:
Guten Abend, Lady Morgan, haben Sie noch einmal an unser „Gespräch" gedacht? Mir ist es jedenfalls so ergangen.

Oh, wenn er wüsste, wie oft ich daran gedacht habe! Komisch aber, mehr hat er gar nicht geschrieben. Wann war das denn? Ach, ich seh's. Vor einer Stunde war er online. Dann werde ich mal antworten. Aber was nur?

Lady Morgan:
Guten Abend, Sir Dom, natürlich habe ich an unser Gespräch gedacht. Es ging mir sehr oft durch den Kopf. Ich habe sogar, glaube ich, davon geträumt bzw. von einer dunklen Gestalt, die mir im Traum begegnet ist.

Sie klickte auf Senden.
Mal die nächste Mail öffnen. Was die hier für Namen haben! *Sir Limit.* Ach ja. Der hat ja schon mal geschrieben. Hoffentlich ist er nicht so begrenzt, wie sein Name vermuten lässt. Er ist ja sogar online. Vera hielt den Atem an.

Sir Limit:
Guten Abend, Lady Morgan, ich möchte Sie hier herzlich willkommen heißen. Darf ich Ihnen einen Rat geben?

Lady Morgan:
Guten Abend, Sir Limit, danke für Ihre freundliche Anrede. Was möchten Sie mir denn raten?

Sir Limit:
Ihr Profil etwas detaillierter auszufüllen.

Lady Morgan:
Das ist leichter gesagt als getan. Fragen Sie mich doch einfach etwas.

Sir Limit:
Was führt Sie in diese Gefilde? Ich schließe aus ihrem Kurzprofil, dass Sie offensichtlich eine Anfängerin auf dem Gebiet der dunklen Begierden sind.

Was für ein Schlaumeier, dachte Vera. Sie wartete einen Moment, bevor sie antwortete, schaute nachdenklich aus ihrem geöffneten Fenster. Es war ein eigentümlicher, ja unschlüssiger Herbst. Die Luft hatte sich wieder erwärmt, obschon es bereits sehr kalte Tage gegeben hatte. Merkwürdigerweise roch es nach Gras.

Lady Morgan:
Das stimmt. Ich habe keine Erfahrungen auf diesem Gebiet, aber irgendetwas macht mich doch sehr neugierig.

Sir Limit:
Eine unbestimmte Sehnsucht, von der Sie nicht wissen, wohin sie Sie führt...

Lady Morgan:
Vielleicht. Könnte möglich sein.

Sir Limit:
Aber Sie wollen es gerne erfahren...

Unbehagen stieg in ihr auf. Sie lehnte sich in ihrem Stuhl zurück. Vielleicht wäre es besser, das Profil zu löschen. Einfach aussteigen und sich keiner Gefahr aussetzen. Das ist ja immer möglich, flüsterte sie sich selbst zu, während sie die Antwort schrieb.

Lady Morgan:
Ein bisschen mulmig ist mir schon. Ist ja doch etwas seltsam hier.
Ich kann's nicht genau sagen.

Zögernd klickte sie auf Senden.

Sir Limit:
Lassen Sie sich Zeit. Auf keinen Fall sollten Sie etwas überstürzen. Tun Sie nie etwas, das Sie nicht wirklich wollen.

Lady Morgan:
Wie lange sind Sie denn schon dabei?

Sir Limit:
Schon sehr lange. SMile. Viele Jahre. Sie können ja nachher auf meinem Profil nachlesen. Darf ich Sie um etwas bitten?

Lady Morgan:
Um was denn?

Sir Limit:
Dass Sie morgen Abend so gegen 21.00 Uhr wieder online sind.

Lady Morgan:
Mal sehen.

Sir Limit:
Dann bis morgen. Genießen Sie den Abend.

Lady Morgan:
Danke, Sie auch.

Sie loggte sich aus, stützte ihre Ellenbogen auf und legte den Kopf in ihre Hände. Es war ihr nicht möglich, einen Gedanken zu Ende zu denken. Draußen zwitscherte ein einzelner Vogel. Vera trat ans Fenster, konnte ihn aber nicht erkennen. Mittlerweile war es dunkel geworden. Wo soll das nur hinführen? Manchmal hat man mehr Fragen als Antworten. Sie schloss das Fenster. Ihr Magen knurrte, aber sie spürte keinen Appetit. Zu groß war die innere Unruhe. Doch da waren auch Freude, Neugier und die Hoffnung auf irgendetwas. Ja, was nur? Wo soll das hinführen? Ein Schritt nach dem anderen, sagte sie sich und langsam. Du kannst jederzeit abbrechen. Wer A sagt, muss nicht B sagen.

Außerdem muss man sich nicht einmal treffen. Schreiben reicht. Es ist nichts passiert, bis jetzt jedenfalls.

Aber es fühlte sich nicht so an. Irgendetwas war doch passiert, eine minimale, kaum greifbare Änderung im Gefühl. Vergeblich versuchte sie, diese Veränderung in Worte zu fassen.

Ihr Magen knurrte nun heftiger und forderte sein Recht.

Der Kühlschrank sah trostlos aus, gähnende Leere. Der Geruch war atemberaubend. Irgendetwas zwischen Mülltonne und verschwitzten Sportschuhen. Auf der Glasplatte lag ein Stück Appenzeller. Das Papier, in dem er verpackt war, hatte einen Riss. Vera rümpfte die Nase, warf den Käse fort. An der Pinnwand neben dem Kühlschrank hing die Speisekarte vom Pizzataxi. Sie schüttelte den Kopf. Dann griff sie zum Telefon und rief Monika an. Ihre Freundin nahm bereits nach dem ersten Klingeln das Telefonat entgegen.

„Hallo Monika, ich bin´s. Sag mal, hast du heute Abend zufällig Zeit?"

„Heute Abend? Ich habe nichts anderes vor. Komm rüber. Da freue ich mich."

„Ich bin etwas durcheinander, habe Neuigkeiten zu erzählen. Vielleicht könnten wir ja zum Griechen."

„Jetzt noch? Wie wär´s, wenn du einfach zu mir kommst? Ich habe noch Möhrengemüse. Das magst du ja auch ganz gern."

„Möhrengemüse? Von mir aus. Ich beeile mich. Bis gleich!"

Vera und Monika hatten dieselbe Schule besucht und sich in der Oberstufe angefreundet. Während Vera ihren ganzen Ehrgeiz dafür verwendet hatte, den Numerus Clausus für

Medizin zu schaffen, widmete sich Monika der Kunst, den Lehrern zu gefallen, indem sie deren Sinne ansprach. Monika eilte nicht nur ihr Ruf voraus, sich dem Leichten des Lebens zu widmen, sondern auch ihr intensiver Geruch, der sie wie eine Aura umgab, mal Rose, mal Moschus, mal Veilchen, zweifelsohne in der Absicht, ihre Lehrer und auch die Mitschüler zu betören. Doch darin waren sich diese einig, sie machten einen Bogen um Monika. Zuviel ist eben zu viel. Die Dosierung eines Parfums gelingt nicht jedem.

Während Monika sich stets figurbetont kleidete, ihre Bluse stets einen Knopf zu weit geöffnet, die sinnlichen Lippen und die langen Nägel rot bemalt hatte und sie damit eher schon wie Ende Zwanzig aussah, vermittelte Vera den Eindruck einer feinsinnigen Jugendlichen, die ihre Nahrung mehr aus Büchern denn aus der Küche bezog. Diese Mischung aus Intelligenz, Neugier und Fleiß, da war sich Monika sicher, würde Vera irgendwann einen Doktortitel bescheren. Ihr Vater, ein stadtbekannter Arzt, wäre stolz auf sie, wenn er sich nur für sie interessiert hätte. Sein Interesse hingegen galt überwiegend seinen Patienten. Er war selten zu Hause. Vera fühlte sich oft an ein Bild des Impressionisten Renoir erinnert, *Das Frühstück der Ruderer.* Der eine schaut den anderen an, aber kaum einer erwiderte den Blick. Um ihrem Vater nahe zu sein, schlich sie sich schon als Kind in sein Arbeitszimmer mit den schweren, dunklen Eichenmöbeln und den überfüllten Bücherregalen, setzte sich an den gewaltigen Schreibtisch und blätterte in seinen Medizinbüchern. Anfangs verstand sie nichts von dem, was sie las, aber immerhin prägte sie sich die Bilder ein, die sie in den Büchern für Anatomie und Pathologie fand. Dass es ihrem Vater gefiel, ahnte sie, als er eines Abends ins Zimmer kam, sich hinter sie stellte, über ihre Schulter schaute und ihr den Aufbau des Herzens erklärte.

Als sie damals ihrer Freundin Monika davon erzählt hatte, hatte diese ganz still und aufmerksam zugehört.

„Das ist so schön und so traurig.", hatte ihre Freundin gesagt und sich eine Träne aus dem Augenwinkel gewischt.

An diese Dinge dachte sie während der Autofahrt. Im Auto gingen ihr immer viele Gedanken durch den Sinn. Deshalb lag in ihrem Handschuhfach ein kleines Notizbuch, in das sie zwischendurch Eintragungen machte, wenn sie an einer roten Ampel wartete. Es kam auch vor, dass sie spontan am Straßenrand anhielt, um wichtige Gedanken zu notieren, bevor sie wieder verschwanden.

Sie schaltete das Radio ein. Wieder ein Bericht über das Attentat in Paris. Ein Angriff des Islamischen Staates auf die Westliche Welt, ihre Lebensart, ihre Lasterhaftigkeit. Austreibung des Lasters durch Terror und Mord. Laster ist verwerflicher als Mord? Und als Belohnung dann gleich mehrere Jungfrauen im Paradies für Selbstmordattentäter? Austreibung des Lasters durch Gewalt und dann wird man mit Lasterhaftigkeit belohnt. Gleich ganz viele Jungfrauen! Eine reicht wohl nicht. Muss man das verstehen? Kann man das verstehen? Für Widersprüche sind Fanatiker blind. Diese Welt ist verrückt und grausam. Das waren die Jahrhunderte davor allerdings auch. Wieder einmal mehr wünschte sie sich, diese Welt verlassen zu können oder einfach nichts mehr hören und sehen zu müssen. Die Toten haben es hinter sich, ging es ihr durch den Kopf. Sie müssen diesen ganzen Irrsinn nicht mehr miterleben. Sie schloss die Augen und zählte bis drei. Blindflug. Der Wagen fuhr ganz wie von selbst. Sie öffnete ihre Augen. Nichts passiert, niemanden angefahren, nirgendwo gegen gefahren. Unversehrt. Voll funktionsfähig. Unauffällig. Arbeitsam. Verständnisvoll. Gebildet. Steuerzahler. Manchmal wünschte sie sich eine Waffe, eine 9-Millimeter würde schon reichen.

Morgen würde sie wieder zur Arbeit fahren, als sei alles in Ordnung.

Als sie vor Monikas Haus einparkte, brannte Licht in der Küche. Das Fenster war geöffnet, die Scheiben beschlagen.

Monika hatte das Zuschlagen der Autotür gehört und stand bereits im Türrahmen.

„Komm rein in die gute Stube. Essen ist fertig."

„Man riecht es. Da läuft einem das Wasser im Mund zusammen."

Vera zog ihre Schuhe aus, hängte ihren Mantel an die Garderobe. Ihre Freundin ging mit zwei Tellern durch den Flur in Richtung Wohnzimmer.

„Kannst du noch den Sprudel aus der Küche mitbringen?"

„Mache ich."

Möhrengemüse erinnerte sie beide an ihre Schulzeit, wenn Monika mittags zum Essen bei Vera eingeladen war. Es waren schöne Zeiten, Lachen, Herumalbern und gemeinsam Hausaufgaben erledigen. Manchmal wurden sie ermahnt, leiser zu sein. Veras Vater kam in der Mittagspause nach Hause, aß und schlief, bis er später wieder zur Praxis fuhr.

„Du hast am Telefon angedeutet, dass es irgendetwas Neues gibt."

Vera nickte. Sie führte gerade die Gabel zum Mund.

„Moment", murmelte sie und leckte sich etwas Möhrengemüse von der Lippe.

„Ich habe mich in diesem Portal angemeldet, von dem du
mir erzählt hast, in dem du doch auch bist. Weißt du?"

„Nein! Das glaube ich nicht! Ich bin überrascht, meine
Liebe."

Sie lehnte sich auf ihrem Stuhl zurück und nickte aner-
kennend.

Das ist ja mal eine Neuigkeit! Und, hast du schon jemand
kennen gelernt?"

„Was heißt kennen gelernt? Ich texte mit zwei verschiedenen Herren. Der, mit dem ich vorhin geschrieben habe,
fragte mich, ob ich morgen Abend wieder online bin."

„Das hört sich doch nach Interesse an. Würdest du ihn
sehen wollen?"

Vera seufzte und legte das Besteck an den Tellerrand.

„Weiß nicht."

„Wer nicht wagt, der nicht gewinnt."

Vera verschränkte die Arme vor ihrem Körper.

„Wer mit dem Feuer spielt, kommt darin um. Du warst
immer die Mutigere. Ich bin halt ein bisschen vorsichtiger."

„Kennst du denn schon seinen Namen? Oder weißt du, ob
er Familie hat oder welchen Beruf?"

Vera lachte und hielt sich die Hand vor den Mund, damit
ihr das Essen nicht herausfiel.

„Ich hatte nicht vor, ihn zu heiraten. Außerdem will ich
auf keinen Fall, dass er weiß, was ich beruflich mache oder
wie mein richtiger Name ist."

„Und wie nennst du dich?"

„*Lady Morgan.* Jetzt bitte nicht auslachen!"

„Ich schmunzle ja nur. Und er, wie heißt er?"

„Sir Limit."

„Und wenn ihr mal ausgeht, dann redet ihr euch auch so an?"

„Natürlich nicht. Denn ich gehe nicht mit ihm aus."

Monika zog die Augenbrauen hoch.

„Ach ja?"

„Ja!" Vera streckte das Kinn vor.

Monika nahm die Sprudelflasche und goss Vera Mineralwasser ein.

Die kleinen Wassertröpfchen tanzten über dem Glasrand.

„Falls es irgendwann soweit ist, dass ihr euch trefft, lass es mich wissen. Ich werde dann dein Cover sein."

„Was ist das?"

„Ich werde dich heimlich begleiten, ganz unauffällig und rufe dich zu einem vereinbarten Zeitpunkt an, wenn du magst."

„Bodyguard?"

„So ähnlich."

„Möchtest du noch etwas von den Möhren oder bist du satt?

„Danke, ich habe genug."

Monika stand auf, stellte die Teller zusammen. Eine Gabel fiel auf den Boden.

„Möchtest du einen Espresso?"

„Gern."

Monika verschwand in der Küche, stellte die Teller in die Spüle.

„Kommst du rüber?"

„Ich komme."

Vera brachte die Gläser in die Küche.

An Monikas Glas klebte roter Lippenstift. Sie bediente den Kaffeeautomaten.

„Möchtest du einen einfachen oder einen doppelten Espresso?"

„Doppelt."

„Bist ja gierig heute."

Grinsend drehte sich Monika wieder der Kaffemaschine zu.

„Ich wollte dir doch auch eine Neuigkeit erzählen. Habe ich heute in meinem Laden gehört. Weißt du, wenn die Damen zur Kosmetik kommen, höre ich doch immer die Stadtnachrichten. Stell dir vor, Pastor Enze ist gestern ermordet worden."

„Pastor Enze?"

Vera lehnte sich an den Kühlschrank.

„Ja. Die Putzfrau fand ihn morgens auf der Orgelbühne, mit dem Kopf auf den Tasten.

„Monika, das ist ja unglaublich!"

„Die Putzfrau hat es mir erzählt. Sie ist eine meiner Kundinnen. Sie war völlig fertig. Sie hat natürlich sofort die Polizei gerufen."

„Wer macht denn so etwas? Den Pastor in seiner eigenen Kirche ermorden? Solch ein Mord in unserem Oberhausen?"

„Warum nicht?"

„Verstehe ich nicht."

Der Wasserhahn war undicht. Wieder löste sich ein Tropfen und fiel in die Spüle.

„Vielleicht sollte ich mich doch besser mit niemandem verabreden, schon gar nicht mit jemandem von King-Dom. Wer weiß, was für Irre sich da herumtreiben?"

„Das stimmt wohl. Aber nicht jeder bei King-Dom ist irre. Du bist ja jetzt auch da. Und ich übrigens auch."

Monika holte ihre Marlboro aus der Schublade und zog eine Zigarette aus der Packung. Dann nahm sie die Streichhölzer. Der Geruch von Schwefel.

„Stimmt zwar, aber irgendwie ist mir doch unbehaglich." Monika blies Kringel in die Luft.

„Du immer mit deinen Bedenken. Komm mal raus aus deinem Versteck! Falls du dich jemals mit einem der Herren verabredest, wirst du wohl kaum mit ihm sofort nach Hause fahren, oder? Außerdem bist du schon viel zu lange Single! Es muss endlich mal ein Kerl in dein Leben!"

Vera seufzte.

Nach kurzer Überlegung fügte Monika hinzu: „Ist schon okay, wenn ihr euch schreibt. Ist ja besser als nichts."

„Ich finde es ohne Mann eigentlich auch okay. Da habe ich meine Ruhe."

„Ruhe? Ich weiß nicht. Ist es nicht eher Grabesstille? Was hast du denn in deinem Leben außer ganz viel Arbeit? Du kommst spät aus der Praxis und was vom Tage übrig bleibt, das verbringst du zu Hause und zwar allein."

ACHT

Seine Mitarbeiter hörten schon seit einigen Minuten, wie Herr Stein in seinem Büro vor Wut in den Telefonhörer brüllte. Aus seinen Worten, die er schnell und eisig hervorbrachte, schlossen sie, dass sich ihr Kollege Robert krank gemeldet hatte. Dann schmiss er das Telefon auf den Tisch und verließ sein Zimmer. Seine Schritte hallten laut auf dem Flur. Janine Tanner und ihre ältere Kollegin Marianne Teubner wechselten Blicke. Als er den Raum betrat, schauten sie nicht von ihren Schreibtischen auf. Herr Falk, den sie nur Falke nannten, kramte mit gesenktem Kopf in seiner Schublade und blickte kurz und verstohlen zu Herrn Stein, der geradewegs auf Janine zuging. Seine Gesichtszüge waren hart, sein Haar zerrauft. Wortlos stellte er sich neben sie. Ihre Finger zitterten. Er las auf ihrem Monitor, was sie schrieb. Er konnte ihren Atem hören.

„Sie haben sich verschrieben, Frau Tanner! Lernen Sie das noch mal?"

„Ich habe mich nur vertippt", flüsterte sie kleinlaut.

„Und da oben ist auch ´was falsch!"

Mit dem Zeigefinger tippte er auf den Bildschirm.

„Ich weiß. Das wollte ich gerade korrigieren."

„Irritiere ich Sie?"

Angespannt starrte sie auf die Tastatur.

„Ich habe Sie etwas gefragt, Frau Tanner."

Sie fühlte Tränen in sich aufsteigen. Dann griff sie nach ihrem Handy und rannte aus dem Zimmer.

„Ach, was hat sie nur?" Er schaute in die Runde und ging dann zurück in sein Büro.

Auf der Toilette rief Janine ihren Freund an und bat ihn, sie abzuholen.

Es dauerte nicht lange, bis er kam, ein großer, schlanker Mann mit langen braunen Haaren und Bart, schwarzer Jeans und schwarzem Kapuzenpullover. Als er an dem Büro von Herrn Stein vorbeikam, klebte er seinen Kaugummi auf dessen Türschild und spuckte auf den Boden.

Janine saß mittlerweile wieder an ihrem Arbeitsplatz und versuchte, sich zu konzentrieren. Doch immer wieder vertippte sie sich.

Sie lauschte auf, als sie die vertrauten Schritte auf dem Gang hörte und schaltete ihren Computer aus.

„Ich gehe jetzt," sagte sie zu den anderen. Sie nickten und wünschten ihr alles Gute.

Sie nahm ihre Handtasche und ging ihrem Freund entgegen. Nur kurz öffnete sie noch die Tür ihres Vorgesetzten und meldete sich krank.

„Frau Tanner, wenn Sie morgen nicht wieder hier sind, dann können Sie `was erleben!", rief er hinter ihr her.

Schnell verließen sie das Gebäude.

Ihr Freund besaß ein Tattoo-Studio, in dem er leidenschaftlich gern arbeitete. Schon oft hatte er ihr angeboten, dass sie bei ihm arbeiten könne. Auf ihren Einwand hin, dass sie keine Tätowiererin sei, hat er jedesmal geantwortet, dass er es ihr beibringen könne. Sie schüttelte den Kopf.

„Aber, Janine, du musst trotzdem den Arbeitsplatz wechseln, auch wenn du nicht bei mir arbeiten willst. Du kannst dort nicht bleiben. Du gehst da kaputt."

Manfred Stein war fassungslos, dass Frau Tanner es tatsächlich gewagt hatte, einfach den Arbeitsplatz zu verlassen. An diesem Abend fuhr er zu einem Lokal am Ruhrpark. Dort gab es ein gutes Restaurant und er hatte Hunger, jene Art von Hunger, mit der er nicht nur seinen Magen, sondern auch seine innere Leere füllen wollte.

Er parkte seinen Wagen in der Speldorfer Straße, so dass er ein paar Schritte zu Fuß gehen musste. Als er das Restaurant betrat, wurde er sofort freundlich von einem Kellner empfangen. Er wies ihm einen Tisch am Fenster zu. Wie üblich bestellte er ein großes Rumpsteak, dazu Pommes und Salat. Der Kellner zündete die Kerze auf seinem Tisch an, eine schmale, weiße Kerze, die bisher nur wenige Minuten gebrannt haben konnte. An einer Seite war etwas Wachs heruntergeflossen und ein kleiner Fleck war auf der Tischdecke.

Herr Stein ließ seinen Blick durch den Raum schweifen. An einem Tisch schräg links gegenüber saß eine blonde Frau mittleren Alters, die in ein Buch vertieft war. Der Kellner brachte ihr einen Kaffee und die Rechnung. Sie zahlte, steckte das Buch in ihre Handtasche und lehnte sich zurück, strich mit einer Hand durch ihr Haar, so dass er die dunklen Ansätze an den Schläfen sehen konnte. Er beobachtete sie, räusperte sich laut, hoffend, dass sie zu ihm schaute, doch sie streute einfach Zucker in den Kaffee und rührte mit dem Löffel so leise, als gäbe sie sich Mühe, unauffällig zu sein, ihren Blick unaufhörlich auf die Tasse gerichtet, als befände sich in der braunen, heißen Flüssigkeit eine Nachricht, die sie zu entziffern versuchte. Er trommelte mit seinen Fingern einzeln nacheinander auf dem Tisch. Körbchengröße C, dachte er. Der Kellner unterbrach seine Gedankengänge, als er das Essen servierte. Die Unbekannte verließ das Lokal, ohne ihm einen Blick zu schenken. Er sah ihr hinterher. Vielleicht doch ein bisschen zu dünn, selbst wenn sie hübsch war, überlegte er und bestimmt war sie ein bisschen flach im Kopf.

Nach etwas über einer Stunde verließ Manfred Stein das Lokal und nahm den Weg durch den Park. Die Luft war klar. Am Himmel konnte er den großen Wagen sehen. Er zog seinen Schal fester um seinen Hals. Plötzlich hörte er Schritte hinter sich. Erschrocken drehte er sich um, konnte aber aufgrund der Dunkelheit nur die Umrisse einer Gestalt erkennen. Dann sah er einen Hund über die Wiese rennen, der wahrscheinlich mit seinem Herrchen zur letzten Abendrunde unterwegs war. Dem Klang nach zu urteilen, wurden die Schritte des anderen nicht schneller. Er wagte es jedoch nicht, sich noch einmal umzudrehen. Nein, ich bin kein Opfer, sagte er sich. Nur noch ein paar Meter. Da tauchte plötzlich eine zweite Gestalt auf. Ein Mann rannte direkt auf ihn zu. Nur ein Jogger, beruhigte er sich. Wieso gehe ich auch im Dunkeln durch den Park? Was für eine Schnapsidee! Jetzt hörte er auch, dass die Schritte hinter ihm näher kamen. Er fühlte Panik in sich aufsteigen. Er kam nicht mehr weg. Der Mann, der frontal auf ihn zu rannte, trug eine Kapuze, tief in die Stirn gezogen und Sportschuhe. Lieber Gott, hilf mir! Der Mann, der von hinten an ihn heran kam, rannte jedoch einfach seinem Hund hinterher. Herr Stein atmete auf. Doch dann war der Jogger direkt vor ihm, ohne dass er sein Gesicht richtig erkennen konnte. Heftig rammte der Fremde ihn mit seiner Schulter und sprintete davon. Nur kurz drehte Herr Stein sich nach ihm um. Dann rannte er los. Übelkeit überkam ihn, als er sein Auto endlich erreicht hatte.

Er lehnte sich an die Beifahrertür. Mit einem Schwall schossen zerkaute Steakklumpen und Salatreste aus seinem Mund. Dazu der Geruch von Bier und Magensäure. Im Lichtschein der Laternen gewahrte er eine Frau, die in seine Richtung ging. Sie trug einen langen Mantel mit einer großen Kapuze, die sie tief in die Stirn gezogen hatte. Und wieder erbrach er sich. Sein Magen schmerzte. In seiner Jackentasche suchte er nach einem Taschentuch. Nun stand die Fußgängerin neben ihm.

„Kann ich Ihnen helfen? Brauchen Sie einen Arzt?"

„Nein, mir ist nur ein bisschen übel. Danke, ist nicht nötig. Ich fahre gleich einfach nach Hause."

„Können Sie denn in dem Zustand überhaupt noch fahren?"

„Schon okay. Gehen Sie ruhig."

„Wie Sie meinen."

Er stieg in seinen Wagen, verriegelte die Türen. Aus seinem Handschuhfach holte er eine kleine Flasche Mineralwasser, spülte sich damit den Mund aus und spuckte das Wasser aus dem Autofenster, das er schnell wieder schloss. Er versuchte, sich zu beruhigen, atmete langsam ein und aus. Die Scheiben beschlugen und er fühlte Schweißperlen auf seiner Oberlippe, ein salziger Geschmack. Als er durch die Windschutzscheibe schaute, stellte er fest, dass irgendetwas darauf klebte. Er betätigte die Wischanlage, mehrfach. Die ganze Scheibe war verschmiert. Es dauerte, bis er freie Sicht hatte. Dann startete er den Motor und brauste davon mit dem Gefühl, gerade eben noch entkommen zu sein.

Zu Hause angekommen, war er erleichtert zu sehen, dass bei den Nachbarn noch Licht in der Küche brannte. Ein

Fenster war gekippt und der Geruch von Gebratenem drang nach draußen. Außer den Nachbarn standen noch zwei weitere Personen in der Küche. Sie hatten Besuch. Musik war zu hören. Er atmete auf. Am liebsten hätte er sich zu ihnen gesellt, um jetzt nicht alleine zu sein. Immerhin fühlte er sich durch den Anblick der anderen etwas sicherer. Beruhigt stieg er aus dem Auto und betrachtete nun die Windschutzscheibe genauer. Manche Stellen waren immer noch verschmiert und er nahm den süßen Geruch von Honig war. Ohne Zweifel war dies ein persönlicher Angriff gegen ihn, eine Warnung. Er spürte einen stechenden Schmerz in seiner Brust. Reflexartig drückte er eine Hand gegen seinen Brustkorb. Ihm wurde schwindelig und er taumelte zur Tür wie ein Betrunkener, der am nächsten Tag bereuen würde.

Als er den Haustürschlüssel ins Schloss stecken wollte, bemerkte er den Zettel, der auf dem Schloss klebte, mit Tesafilm befestigt, darauf eine Strophe aus einem Liedtext von Police.

Every breath you take
And every move you make
Every bond you break, every step you take
I'll be watching you

neun

Doris Hugott hatte es sich abgewöhnt, aufgeregt zu sein, wenn die Kollegen und Kolleginnen ihres Mannes zu Besuch kamen. Ab und zu lud ihr Mann sie zu einem netten gemeinsamen Abend ein. Beim ersten Mal hatte sie sich gefragt, ob diese wohl etwas in ihre Äußerungen hinein interpretieren würden, ob sie sie analysieren und diagnostizieren würden. Die Scheu verlor sich aber mit der Zeit und sie selbst kam sich rückblickend bei diesen Gedanken ziemlich albern und dämlich vor. Am meisten hat man doch Angst, durchschaut zu werden, wenn man glaubt, etwas verbergen zu müssen. Und wenn man mit sich selbst im Reinen ist, sich so annehmen kann, wie man ist, verliert sich die Furcht, vom anderen in seinem Wesen erkannt zu werden. Doris fiel nichts ein, wofür sie sich hätte schämen sollen.

Mittlerweile freute sie sich, wenn ihr Mann seine Kollegen zu Besuch hatte. Es waren immer entspannte und lebendige Stunden. Jedesmal wurde sie gelobt für ihre Kochkünste und es bereitete ihr großes Vergnügen, den Tisch stilvoll zu decken und Köstlichkeiten aufzutragen. Manchmal war jemand verhindert, aber heute waren sie zu sechst und damit vollständig.

Justin Nox kam zu ihr in die Küche und fragte, ob er ihr behilflich sein könnte. Sie streute Kakaopulver über das Tiramisu.

„Ist nicht nötig."

Sie schob die Glasschale mit dem Tiramisu an die Seite.

„Heinrich kann gleich die Lasagne aus dem Ofen holen. Dauert nicht mehr lange."

Doris schob die Ärmel ihres Pullovers hoch. Darunter konnte Justin den Teil einer Tätowierung sehen.

Er versuchte, mehr zu erkennen, trat näher an sie heran, doch drehte sie sich genau in diesem Moment von ihm weg.

„Mein Gott, ist das warm hier! Wechseljahre. Helfen, Heizkosten zu sparen."

„Du hast Humor."

„Das macht es leichter. Wo bleibt Heinrich nur?"

Justin zuckte mit den Achseln.

„Er hat mir vorhin die Tür geöffnet und ist, glaube ich, in den Keller gegangen, um Getränke zu holen."

„Ach so. Dann kannst du mir doch helfen. Könntest du die Lasagne aus dem Ofen holen und rüber tragen?"

„Klar doch."

Justin nahm die gehäkelten Topflappen, die auf der Arbeitsplatte lagen, blau mit rosa Umrandung.

„Die hat meine Tochter in der Schule gehäkelt. Muss man in Ehren halten."

Heiße Luft strömte aus dem Ofen. Seine Brille beschlug. Justin trug die schwere Auflaufform ins Esszimmer, Doris direkt hinter ihm mit den Dessertschalen in der Hand. Die Gäste saßen bereits alle um den großen runden Weichholztisch mit seinen unzähligen Gebrauchsspuren, den hineingedruckten Zahlen und Buchstaben, hellen runden Kreisen, manche klein von heißen Tassen, andere größer von Schüsseln mit heißem Inhalt oder von Suppentellern. Doris hatte es aufgegeben, mit ihrem Mann darüber zu diskutieren, dass eine Decke den Tisch verschönern würde. Er liebte Spuren, Lebensspuren, Spuren jeder Art und es war ihm durchaus

Recht, wenn seine Gäste neue Spuren hinterlassen würden. Heinrich Hugott las in seinem Tisch wie andere Menschen in ihrer Zeitung oder in ihrem Tagebuch. Wenn heute ein Kratzer, ein Buchstabe oder ein Kreis hinzukäme, so würde ihn dies immer an jenen Abend erinnern. Überhaupt erinnerte er sich an so vieles und bis ins Detail.

Justin stellte die Lasagne auf den Tisch.

Das Wasser lief ihm im Mund zusammen.

Heinrich Hugott betrat den Raum. In seiner Rechten hielt er eine Flasche Prosecco.

„Heute Abend lassen wir es uns gut gehen!"

„Gibt es etwas zu feiern?", wollte Stefanie Elbach, die Jüngste in der Runde, wissen und reckte sich.

Heinrich wollte schon etwas antworten, doch Helena Abel kam seiner Antwort zuvor.

„Es gibt immer etwas zu feiern, nicht wahr?"

Er lächelte in sich hinein.

Er nimmt Raum ein, er ist einfach von unglaublicher Präsenz, ging es ihr durch den Kopf.

„Ja, was denn? Was feiern wir?", fragte nun Matthias Sand.

„Das Leben und zwar, bevor es vorbei ist."

Helena Abel reichte ihm ihr Glas.

Die Flasche war eiskalt und beschlagen. Heinrich wischte seine feuchte Hand an der Hose ab. Seine Frau brachte eine zweite Flasche und schenkte ebenfalls ein.

Ihre Tochter Mira erschien in der Tür, lehnte sich seitlings in den Türrahmen und schaute still den Gästen zu. Als sie bemerkt wurde, winkte sie kurz in die Runde und verschwand schnell im Flur. Das Knarren der Treppenstufen, eine Tür, die ins Schloss gezogen wurde und dann der Klang einer Gitarre, eine traurige Melodie. Doris und Heinrich wechselten einen stummen Blick.

„Ich gehe gleich zu ihr nach oben und kümmere mich um sie."

Heinrich nickte.

Sie stießen mit den Gläsern an, quer über den Tisch.

„Auf das Leben!"

Die Musik, die aus Miras Zimmer kam, wurde lauter. Sie spielte ein Lied nach dem anderen. *Who wants to live forever?* Queen, dachte Heinrich und schaute zur Tür, biss sich dabei auf die Unterlippe.

„Ich gehe schon zu ihr. Bleib du bei deinen Kollegen."

Doris verließ das Zimmer.

Heinrich fühlte fünf Augenpaare auf sich ruhen. Er kratzte sich am Kinn.

„Ihr wollt wissen, was los ist?"

Nicken.

„Pastor Enze wurde ermordet. Meine Tochter hatte Gitarrenunterricht bei ihm. Sie ist schrecklich traurig."

„Und wir stoßen hier auf das Leben an", flüsterte Nicole und leerte ihr Glas in einem Zug.

„Unser Pastor Enze? Ermordet?" Helena ließ ihre Gabel fallen.

„Die Katholiken glauben doch an ein Leben nach dem Tod, oder?", gab Matthias zu bedenken.

„Du und dein schwarzer Humor!" Justin schüttelte seinen Kopf.

Stefanie entschied sich, lieber nur zuzuhören und nahm sich noch eine zweite Portion Lasagne.

„Ja, das ist eine tragische Geschichte. Niemand versteht es. Er hat sich für alles und jeden eingesetzt. Er war immer freundlich, hilfsbereit, hat sich um seine Gemeinde gekümmert. Wie gesagt, Mira hatte Gitarrenunterricht bei ihm. Andere Jugendliche hatten Orgelunterricht oder Klavierstunden bei ihm." Heinrich seufzte.

„Er soll sich aber manchmal auch zu sehr gekümmert haben", warf Nicole Engel ein.

„Ja, wie denn?", wollte Helena wissen.

„Worauf spielst du an? Missbrauch? Klar, das ist ja so modern geworden. Als Mann ist man sowieso von Geburt an potentieller Täter. Wenn man dann auch noch Kinder mag, gerät man direkt in den Verdacht, pädophil zu sein."

„Heinrich, das ist Unsinn, was du da sagst. Das weißt du auch. Geh doch einfach mal davon aus, dass ich irgendwelche konkreten Informationen haben könnte."

Nicole erwiderte seinen Blick, führte die Gabel zum Mund, pustete sanft. Der Bissen dampfte gefährlich.

„Was für Informationen sollen das denn sein?", wollte Helena wissen.

„Also, Folgendes, ein Patient von mir hatte vor vielen Jahren Orgelunterricht bei ihm. Amadeus, also der Patient, war sehr begabt und über einen längeren Zeitraum sein Lieblingsschüler. Er muss damals ungefähr zwölf Jahre alt gewesen sein, als der Unterricht begann. Sie trafen sich regelmäßig zweimal in der Woche, entweder in der Kirche oder später auch bei ihm zu Hause."

„Hat Enze eine Orgel zu Hause?", fragte Matthias Sand.

Nicole schnalzte mit der Zunge.

„Eben nicht, aber ein Klavier, und Amadeus konnte schon hervorragend Klavier spielen."

„Und weiter?"

„Amadeus hat erzählt, dass Enze oft mehrere Minuten hinter ihm gestanden habe, wenn er Klavier spielte und dass er sich gegen seinen Rücken presste.

Enze habe seine Schultern massiert, was ihm sehr unangenehm war. Der Junge schaffte es jedoch nicht, sich dagegen zu wehren."

„Da bin ich aber sprachlos!"

Justin tippte mit dem Zeigefinger gegen seinen Kopf. Seine Brille verrutschte.

„Das ist ja unerhört!"

Auch Heinrich nickte.

„Da hast du Recht. Hätte ich nicht gedacht. Ich kann´s kaum glauben. Wie ging es dann weiter? Möchte übrigens jemand von euch ein Glas Wein?"

„Ich hätte gerne etwas Sprudel, medium bitte." Stefanie streckte Heinrich ihre Hand entgegen. Sie nahm die Flasche, goss sich und dann auch Helena ein.

Nicole hielt Heinrich ein Weinglas entgegen.

„Bitte etwas von dem Grauburgunder."

Doris kam gerade ins Zimmer, strich ihrem Mann über die Wange, nahm den Grauburgunder und füllte Nicoles Glas.

„Schmeckt gut. So, die Geschichte ging nun folgendermaßen weiter. Der Junge verliebte sich in Enze. Selbst in den Ferien trafen sie sich, fuhren dann in andere Städte, besuchten Kirchen, Konzerte."

„Und die Eltern des Jungen? Haben sie nichts bemerkt?"

„Nein, Helena, haben sie nicht. Sie waren froh, dass ihr Sohn gefördert wurde. Und dann, eines Tages, zog eine neue Familie in die Stadt. Sie besuchte den Gottesdienst und lernten Pastor Enze kennen. Der Sohn der Familie war auch talentiert und nahm ebenfalls Unterricht bei Enze. Die Dinge nahmen ihren Lauf. Aus irgendeinem Grund, den Amadeus sich bis heute nicht erklären kann, wandte Enze sich von ihm ab und immer mehr dem anderen Jungen zu. Das blieb Amadeus nicht verborgen. Es brach ihm das Herz. Enze entzog sich ihm und sagte den Unterricht ab, weil er andere wichtige Termine habe. Aber Amadeus schlich sich in die Kirche, die Treppe zur Orgelbühne hinauf und entdeckte Enze mit dem anderen Jungen, wie er hinter ihm stand, seine Hände auf dessen Schultern.

Von da an hat Amadeus sich gänzlich von der Musik distanziert. Seine Eltern haben wohl versucht, eine Erklärung von ihm zu bekommen. Aber er schwieg, damals jedenfalls.

Neulich erzählte er mir, dass er ein paar Wochen zuvor zum allerersten Mal mit seinen Eltern darüber gesprochen hatte."

Für einen Moment war es still. Niemand sprach. Nur das Ticken einer Wanduhr und der schwere Atem von Heinrich. Jene Stille, in der jeder seinen Gedanken nachging.

Matthias Sand trommelte mit seinen Fingern auf den Tisch. Dann brach es aus ihm heraus: „Es ist immer dasselbe! Das ist einfach zum Heulen. Die Großen bedienen sich an den Kleinen und was es anrichtet, ist denen völlig gleichgültig! Und die Kinder schweigen. Man fühlt sich so machtlos."

Nicole und Justin tauschten Blicke aus. Matthias kämpfte mit seinen Tränen.

„Ihr glaubt gar nicht, mit welchen Tragödien man als Therapeut für Kinder und Jugendliche täglich konfrontiert wird!"

„Doch, Matthias, ich kann es mir lebhaft vorstellen", gab Heinrich zur Antwort.

„Wie haben seine Eltern denn auf das reagiert, was Amadeus ihnen kürzlich offenbart hat?"

Nicole trank einen großen Schluck, bevor sie Heinrichs Frage beantwortete.

„Sein sonst gesprächiger Vater muss daraufhin verstummt sein, sprach nur das Nötigste. Seine Mutter hat geweint. Amadeus machte sich daraufhin Vorwürfe, dass er es ihnen erzählt hatte. Als er sich später von seinen Eltern verabschiedete, habe sein Vater ihn sehr lange in den Arm genommen. Das sei ungewöhnlich gewesen."

„Nun, ungewöhnliche Situationen rufen ungewöhnliche Reaktionen hervor", flüsterte Matthias, der den Stiel des Dessertlöffels abrupt auf den Tisch stieß, so dass eine kleine Delle entstand.

„Sag mal, Nicole, warum ist Amadeus eigentlich bei dir in Therapie?", schaltete sich Heinrich ein.

„Er war sehr depressiv, als er zu mir kam. Er studiert Wirtschaftswissenschaften, aber er hat gar kein Interesse an dem Fach. Es war nur eine Notlösung. Meistens saß er nur noch in seiner kleinen Wohnung, schaute Fernsehen oder lag auf der Couch. Irgendwann stieg in ihm eine zunehmende Existenzangst auf. Eine Freundin riet ihm zur Therapie. In unseren Gesprächen wurde deutlich, wie sehr er die Musik vermisst und dass er eigentlich seit seiner Jugend liebend gern Musik studiert hätte. Er hat das Gefühl, versagt und den roten Faden in seinem Leben verloren zu haben. Und zum ersten Mal fühlt er Wut auf Enze und nicht nur Trauer. Ihm ist bewusst geworden, was er verloren hat, dass es Enze war, der ihm seine Musik genommen hat. Ich weiß, dass es komplexer ist, dass Amadeus selbst sich dazu entschieden hat, aber er empfindet es momentan so."

„Meinst du, er hat den Pastor ermordet?", fragte Heinrich.

„Das glaube ich eigentlich nicht. Aber sicher bin ich mir nicht."

Heinrich lehnte sich in seinem Stuhl zurück, ließ die Arme seitlich herunter hängen und schaute vor sich auf den Teller, ohne wirklich etwas zu fixieren.

In seiner Hemdtasche fühlte er, wie sein Smartphone vibrierte. Er stand auf und verließ wortlos das Zimmer.

Alle schauten ihm nach. Sie hörten das Knarren der Treppenstufen.

Ein paar Minuten später kam er wieder zurück. Nicole beobachtete ihn wachsam, als er den Raum betrat und sich still an seinen Platz setzte. Gedankenverloren strich er mit seinen Fingern über den Tisch, befühlte die winzigen Einkerbungen im Holz, Spuren vergangener Besucher.

Plötzlich schaute er hoch und erwiderte ihren Blick, sekundenlang, als seien sie allein unter sich. In diesem Blick lag so viel Direktheit, dass sie sich fragte, ob er ihr etwas sagen wollte. Sie wich immer wieder aus, nur kurz, schaute wieder zu ihm hin, um festzustellen, dass er sie immer noch ansah. Was wollte er mitteilen? Eine Bitte? Eine Aufforderung?

Sie war des Deutens müde, und verwundert über diese Paradoxie – ein direkter Blick und doch unergründlich in seiner unausgesprochenen Aussage.

„Was machst du jetzt mit Amadeus? Wirst du ihn fragen, ob er Enze ermordet hat?"

„Nein, lieber Heinrich, das werde ich so direkt nicht fragen. Das könnte ihn verletzen. Nachher denkt er, ich traue es ihm zu. Ich erzähle ihm von dem Mord und warte ab, wie er darauf reagiert."

„Du könntest ja auch erstmal einfach nur fragen, was er in den letzten Tagen gemacht hat. Wenn er dann erzählt, dass er an dem Tag der Tat zufällig ganz woanders war, dann ist er es wohl nicht gewesen. Könnte aber auch sein, dass er sich für den besagten Tag schon ein Alibi zurechtgelegt hat."

„Jetzt denken wir schon wie die Kripo. Vielleicht sollte ich ihm überhaupt nicht von dem Mord berichten. Was meint ihr?"

Nicole schaute in die Runde.

„Ich glaube, ich würde es auch nicht ansprechen", gab Justin zu Bedenken, „mal sehen, ob er selbst darauf zu sprechen kommt. Wenn er unschuldig ist, aber den Eindruck hat, man glaube ihm nicht, ist das Vertrauensverhältnis gestört und er zieht sich zurück. Tu´s nicht. Jetzt, da er sich endlich mal jemandem anvertraut."

„Ja, so ist es. Aber lasst uns ruhig jetzt von etwas anderem reden. Ich halte euch auf dem Laufenden."

„Wie wär´s denn jetzt mit dem Nachtisch?" Helena liebte Süßigkeiten. Heinrich stand auf und brachte die Dessertschalen mit dem Tiramisu. Nicht nur Helena liebte Süßes. Den restlichen Abend sprachen sie von anderen Dingen, von Urlauben, Spielfilmen und den politischen Geschehnissen.

ZEHN

Pünktlich um 21.00 war Vera online im *King-Dom*, so wie es sich Sir Limit gewünscht hatte.

Kurz darauf erhielt sie eine Nachricht von ihm.

Sir Limit:
Guten Abend, Lady Morgan. Schön, dass Sie gekommen sind.

Lady Morgan:
Guten Abend, Sir Limit. Ich halte, was ich verspreche. Ich freue mich auch, dass Sie da sind.

Sir Limit:
Sie halten immer, was Sie versprechen? Ohne Ausnahme?

Lady Morgan:
So gut wie.

Sir Limit:
Ich halte eigentlich auch, was ich verspreche. Selten, dass ich davon abweiche. Insgesamt verspreche ich wenig. Ich mache einfach oder eben nicht.

Lady Morgan:
Wie sind Sie eigentlich in dieses Forum gekommen?

Sir Limit:
Genau wie Sie. Anmelden, Profil erstellen, fertig.

Lady Morgan:
Klar. So meine ich das nicht. Was hat Sie dazu veranlasst?

Sir Limit:
Ich mag das Spiel von Dominanz und Submission und habe eine Vorliebe für Frauen, die zu tiefen Gefühlen und Hingabe fähig sind.

Lady Morgan:
Tiefe Gefühle und Hingabe bekommen Sie doch auch anderswo als hier, oder?
Sind Sie Single?

Sir Limit:
Nein. Und Sie?

Lady Morgan:
Ich bin Single. Sind Sie verheiratet?

Sir Limit:
Ja. Meine Frau weiß aber nichts von King-Dom. Und das soll auch so bleiben. Diese besondere Art der Hingabe ist in unserer Beziehung nicht möglich. Das heißt aber nicht, dass ich unglücklich mit ihr bin. Im Gegenteil.
Es gibt einfach verschiedene Arten von Bedürfnissen. Wissen Sie, mit dem einen Freund können Sie Schach spielen, aber mit dem anderen gehen Sie ins Konzert.

Lady Morgan:
Ich verstehe.

Sir Limit:
Sicher?
Ich habe heute nicht viel Zeit. Sie haben noch eine Frage frei.

Eine Frage frei. Was soll man denn da fragen? Vera überlegte. Grübel.

Lady Morgan:
Haben Sie überhaupt Gefallen daran, mit so jemand Unbedarftem wie mir zu schreiben?

Sir Limit:
Ja, sehr gern. Ich freue mich schon auf das nächste Mal.
Bis bald.

Vera tippte noch schnell eine weitere Frage, musste aber feststellen, dass er bereits offline war.

Sie loggte sich aus. Lustlos machte sie sich für die Nacht zurecht, putzte sich die Zähne, gurgelte mit der Mundspüllösung so heftig, dass sie aus dem Mund heraus sprudelte und ihren Hals entlang lief. Sie tupfte sich mit dem Handtuch trocken, das sie dann achtlos in die Badewanne warf. Müde ließ sie sich ins Bett sinken, spürte aber schnell, dass sie nicht zur Ruhe kommen würde. Ihre Gedanken kreisten.

Wer mag das wohl sein, dieser Sir Limit? Tja, vielleicht findet man es ja irgendwann heraus. Vielleicht fragt er sich das Gleiche umgekehrt, wer denn wohl Lady Morgan ist.

Was für ein Quatsch! Was soll das Ganze nur? Man muss sich ja nicht zu erkennen geben.

Auf ihrem Handy kam eine WhatsApp-Nachricht an. Es war Monika.

„Hallo Vera, gibt's 'was Neues im Falle Sir Limit?"

„Nein."

Vera stellte ihr Handy auf lautlos und legte es auf den Nachttisch zwischen Wecker, Bücher und Brotkrümel.

Irgendwann schlief sie ein, wachte jedoch mehrfach auf und immer mit Bruchstücken aus irgendeinem Traum, den sie weder festhalten konnte, noch wollte. Sie schaute auf die Uhr. Zwei Uhr. Irgendwann schlief sie erneut ein mit dem Gefühl zu fallen, als falle sie mitten in einen ebenso düsteren wie sehnsuchtsvollen Traum hinein. Wieder erwachte sie, doch diesmal war der Traum so plastisch, fühlte sich so real an, als habe sie das Geträumte gerade eben erst erlebt. Sie folgte einem inneren Drang und setzte sich an ihren Computer, loggte sich bei King-Dom ein und schrieb eine Nachricht an Sir Limit. Erklären konnte sie es sich nicht. Die Worte flossen einfach aus ihr heraus, als habe sie sie sich schon tagelang zurecht gelegt. Dabei war es eine spontane nächtliche Fantasie.

Lady Morgan:
Leise betrat er den Raum und obwohl sie ihn nicht sehen konnte, da sie mit dem Rücken zur Tür saß, spürte sie ihn. Es war wie ein Verrühren der Luft, eine Veränderung, eine Bewegung in der feinstofflichen Textur des Raumes. Sie schloss die Augen. Er trat an sie heran, legte seine Hände auf ihre Schultern. Sie neigte den Kopf nach unten. Dann fühlte sie seine Lippen an ihrem Nacken. Sie zitterte

innerlich. Er wusste es. Er verstärkte den Druck seiner Hände. Sie liebte es. Er flüsterte ihr etwas ins Ohr.

Dann unterbrach sie den Schreibfluss, las sich die Zeilen noch einmal durch, haderte mit sich selbst. Unsicherheit stieg in ihr auf. Das kann man doch nicht abschicken! Aber warum denn nicht? Ehe sie es noch hätte verhindern können, drückte ihr Zeigefinger die Enter-Taste.

Es war, als habe eine andere, eine ihr unbekannte Vera das Steuer übernommen, eine Wilde, die irgendwo in entlegenen Winkeln ihrer Seele hauste.

Sie stützte ihren Kopf auf ihre Hände. Ein Haar fiel auf die Tastatur. Sie blies es fort. Erneut setzte sie an, ein paar Zeilen zu formulieren.

Lady Morgan:
Guten Morgen, Sir Limit, ich hoffe, meine Zeilen verwirren Sie nicht. Tut mir leid, dass ich so etwas geschrieben habe. Bestimmt denken Sie, dass ich nicht ganz klar im Kopf bin. Ich hoffe, ich habe Sie jetzt nicht verscheucht.

Am nächsten Morgen wäre sie gern im Bett geblieben, zu müde zum Aufstehen. Das kleine Lämpchen ihres Handys blinkte blau. Wieder eine Nachricht von Monika, die einfach nicht locker lassen konnte. Sie wollte nicht glauben, dass es nichts Neues gab.

Zuerst wollte sie eine Antwort tippen, unterließ es aber. Offensichtlich hatte Monika auch noch versucht anzurufen, denn die Anrufliste verzeichnete einen neuen Anruf. Aber wieso rief Monika mit unterdrückter Nummer an? Tat sie doch sonst nicht. Manchmal war ihr alles egal, besonders dann, wenn es ihr hätte wichtig sein müssen.

Ihre Stimmungsschwankungen kamen wie angeflogen, wie ein nicht vorhersehbarer Wolkenbruch. Ihr Gehirn spielte ihr Stimmungen ein wie ein Radiosender seine Lieder. Die Biochemie der Seele.

Mit Mühe würgte sie einen gebutterten Toast hinunter, verschluckte sich, goss halb warmen Kaffee hinterher, etwas zu schnell. Ein kleines Rinnsal lief an den Rändern der Tasse vorbei, das Kinn entlang. Missmutig wischte sie den Kaffee mit einem Tempotuch aus ihrem Gesicht, zerknüllte das Tuch, warf es mit verächtlicher Geste auf den Boden, als könne es irgend etwas dafür, dass sie sich wieder einmal schlecht fühlte. Sie wusste auch nicht mehr, warum. Es hatte sich eingeschlichen, dieser Zustand, in dem sie sich plötzlich unerklärlich bedrückt fühlte oder eine heftige Gereiztheit und Aggression in sich spürte, die sie gerade noch zu kontrollieren wusste. Ihre Angst wuchs, diese beklemmende Angst, die Kontrolle zu verlieren, diese Angst, von der sie niemandem erzählte. Sie glaubte nicht daran, verstanden zu werden. Und sie hasste oberflächliche Ratschläge oder Hinweise darauf, dass es ihr doch eigentlich gut gehen müsse, denn in ihrem Leben gebe es nichts zu beklagen. Sie wollte auch keine Argumente anführen und sich rechtfertigen. Und sie hasste diese typische dialektische Kommunikationsstruktur, wenn sie A sagen würde, dass dann der andere automisch B sagte. Dass ein Mensch einfach nur zuhörte und mitfühlend ihren Worten folgte, ohne gleich dagegen zu argumentieren oder Lösungsvorschläge zu produzieren, das war selten. Bei manchen Menschen wusste sie zudem, dass diese ihr ein Gefühl der Unterlegenheit vermitteln würden, so als wären diese besser in der Lage, mit dem Leben zurechtzukommen, was meistens nicht der Fall war.

Vera steckte eine weitere Scheibe Brot in den Toaster und holte sich Orangenmarmelade aus dem Kühlschrank. Sie schaltete die Senseo-Maschine ein, um sich einen Cappuccino aufzubrühen. Wie hypnotisiert starrte sie auf das rot blinkende Lämpchen der Kaffeemaschine. Das rhythmische Blinken fühlte sich seltsamerweise gut an, hatte etwas Beruhigendes. Sie hoffte, dass ihre Stimmung vielleicht aufklarte, wenn sie etwas mehr gegessen hatte und einen heißen Kaffee getrunken hatte, denn eigentlich liebte sie Kaffee nur, wenn er heiß war. Der lauwarme Kaffee, den sie vorher getrunken hatte, ein alter vergessener Rest vom Vortag, der sich noch in der Thermoskanne befunden hatte, war ja eigentlich ein Fall zum Entsorgen. Der Toaster spuckte das Brot aus. Mit spitzen Fingern zog sie die heiße Scheibe heraus, legte sie auf den Teller und bestrich sie mit Butter, die sofort zerlief. Dann häufte sie einen kleinen Berg Marmelade darauf. Vielleicht ist es Unterzuckerung, überlegte sie. Vielleicht sind die Stimmungsschwankungen die Folge eines zu niedrigen Zuckerspiegels im Blut? Wie sie es auch drehte, stets fühlte sie sich hilflos – hilflos ihren Stimmungen ausgeliefert, hilflos gegenüber biochemischen Prozessen im Körper, für die man nur ein Spielball ist, hilflos ausgeliefert dem ganzen Horror der alltäglichen Nachrichten. Wut stieg in ihr auf.

Später, als sie das Haus verließ und zu ihrem Wagen ging, hielt sie den Kopf gesenkt. Sie wollte nichts sehen von dieser Welt. Nichts hören, nichts sehen. Lasst mich bloß alle in Ruhe. Am besten geht ihr mir alle aus dem Weg. Verzieht euch! Sie kickte eine leere Cola-Dose, die scheppernd über die Straße kullerte. Ein Nachbar winkte ihr zu. Sie zwang sich zu einem Lächeln. Er kann ja nichts dafür. Sie schloss ihren Wagen auf, stieg ein und verriegelte die Türen. Der Motor heulte auf. Das Radio plärrte los. Sie brauste davon. Sie zappte durch die Sender. Plötzlich hörte sie von dem Mord an Pastor Enze. Sie drehte das Radio lauter. Die Polizei tappe noch im Dunkeln und bittet die Bevölkerung um Mithilfe. Der Mord sei kurz nach seiner Messe und sogar in der Kirche geschehen. Vera schaltete das Radio wieder aus und legte eine CD ein. Gibt es eigentlich noch irgendwo einen Ort, der sicher ist? Überall Gewalt, Dreck und Lärm. Ich hasse diese Welt. Mich kotzt das alles so unglaublich an.

Aus den Lautsprechern dröhnte *„I can´t get no sleep"* von Faithless. Sie beschleunigte. In einiger Entfernung senkten sich die Schranken am Bahnübergang. Einfach mal durchfahren, mit Vollgas, die Schranken krachen lassen und weg, bevor der Zug kommt.

Doch sie bremste und hielt an, zog ihr Handy aus der Handtasche, die auf dem Beifahrersitz lag und fotografierte die Schranken, das Andreas-Kreuz, das rote Lichtsignal und dann den vorbei fahrenden Zug. Wie es sich wohl anfühlt, wenn er den Wagen mitreißt? Spürt man das noch?

Ihre Freundin Monika fragte ab und zu, warum sie immer so merkwürdige Sachen fotografierte.

Nun, liebe Monika, wenn du einmal nur zwischen den Zeilen lesen oder hören würdest, was nicht gesagt wird, aber im Raume schwebt, zum Greifen nah, als könne man es aus der Luft pflücken wie Äpfel vom Baum, dann würdest du verstehen. Aber lieber unterbrichst du einen, um zu schildern, was du wieder Tolles erlebt hast oder um deine neue Kleidung vorzuführen und auf dem Flur auf und ab zu gehen, als befändest du dich auf einem Laufsteg. Was ist nur aus unserer Freundschaft geworden?

Vera fühlte Tränen in sich aufsteigen.

Was für ein Mensch wird Sir Limit sein? Irgendetwas an ihm ist ungewöhnlich. Irgendwie hatte er eine besondere Art, in Beziehung zu treten. Irgendetwas rührte er in Vera an. Was es genau war, vermochte sie nicht zu sagen. Aber er hatte begonnen, seine Spur zu legen.

Als Vera die Praxis erreichte, stand die Tür weit auf und das Wartezimmer war zum Bersten voll. Es war kühl. An der Rezeption hatte sich eine kleine Warteschlange gebildet. Reges Treiben. Aushändigen von Rezepten und Überweisungsscheinen. Manche Patienten flüsterten den Arzthelferinnen ihr Anliegen und ihre Symptome zu, wohingegen andere daraus keinen Hehl machten und lautstark ihre körperlichen Beschwerden preisgaben, als handelte es sich hierbei um einen Wettbewerb. Wer die schlimmere Krankheit hat, gewinnt.

Als Vera an dem Behandlungszimmer ihres Kollegen Theo Stern vorbei kam, erblickte sie einen seiner Patienten. Es war Robert Stolz, der auf dem Stuhl vor dem Schreibtisch saß, leicht nach vorn gebeugt, etwas in sich zusammengesackt. Sie erinnerte sich gut an ihn. Das letzte Mal, als sie ihn gesehen hatte, verließ er weinend die Praxis zusammen mit seiner Frau, die ihren Arm um ihn gelegt hatte. Sie wusste, dass er zu jenen Menschen gehörte, die ihr Leben lang gearbeitet hatten, immer zuverlässig und pünktlich waren und dann durch irgendeinen Umstand einen neuen Vorgesetzten bekamen, dessen Sadismus sie hilflos ausgeliefert waren.

Gern wäre sie kurz zu ihm gegangen, um ein paar mitfühlende Worte an ihn zu richten. Sie lief jedoch weiter, grüßte hier, grüßte dort und verschwand schließlich in ihrem eigenen Behandlungszimmer. Ihren Mantel hängte sie in einen Schrank und zog ihren Arztkittel an. Groll wühlte in ihrem Innern. Neuerdings kam es öfter vor, dass sowohl sie als auch ihre Kollegen Patienten und Patientinnen behandelten, die entweder völlig ausgebrannt waren oder verzweifelt oder beides, weil ihre Arbeitsbedingungen und das Klima am Arbeitsplatz immer unmenschlicher geworden waren. Geringer Stundenlohn, unbezahlte Überstunden, Demütigungen und Drohungen durch die Vorgesetzten und Schikane durch andere Kollegen. Sie verließen morgens um 7.00 Uhr das Haus, um dann abends um 19.30 nach Hause zu kommen, vernachlässigten Familie und Freunde, kamen nicht mehr zur Ruhe und vereinsamten innerlich. Sie mochte Herrn Stolz und sie hasste es, dass er von seinem Vorgesetzten schlecht behandelt wurde. Es gibt Menschen, die töten seelisch und auf Raten und werden nicht einmal bestraft.

Es gab Momente, in denen sie sich eine Voodoo-Puppe wünschte. Sie würde sie mit dem Kopf gegen die Wand schlagen, in die Klo-Schüssel halten und mit dem Hintern auf die heiße Herdplatte setzen. Sie stellte sich vor, wie sie dem Vorgesetzten eine Dosis Midazolam verabreichte, ihn damit in den Schlaf schickte, ihn auszog und nackt an einer Laterne auf dem Marktplatz festband. Dazu ein großes Schild mit der Aufschrift: *Ich behandle meine Mitarbeiter wie Sklaven.*

Ab und zu, wenn sie über den Flur lief, sah sie zufällig ihren Kollegen aus dem Gespräch mit Robert Stolz kommen und das Gesicht ihres Kollegen spiegelte eine Mischung aus

Traurigkeit und Wut. Sie wusste, wie leid es ihm tat, dass sein Patient schrittweise zugrunde gerichtet wurde.

Vera rief ihren ersten Patienten auf, einen eher kleinen, etwas rundlichen Mann mit freundlichen grünen Augen, der niesend das Zimmer betrat. Seine rote, wunde Nase verriet, was ihn plagte. Er sprach in kurzen Sätzen, schnappte nach Luft. Die Bronchien fiepten, die Haut fühlte sich sehr warm und leicht feucht an. Eine Krankschreibung lehnte er ab. Vera schüttelte den Kopf, stützte beide Ellenbogen auf ihren Schreibtisch und schaute ihren Patienten fragend an.

„Ich kann jetzt nicht krank feiern. Dann kriege ich Ärger. Es haben schon so viele andere einen Krankenschein."

„Wie sieht denn der Ärger aus?"

„Ich bekomme dann kein Weihnachtsgeld und mein Chef lässt jeden Tag seine üble Laune an mir aus."

„Aber Sie sind doch krank! Welche Farbe hat der Auswurf, den Sie aushusten?"

„Wieso?"

„Sagen Sie mal, bitte."

„Wenn Sie so fragen, naja, grün und rot."

„Das klingt gar nicht gut. Sie sollten zu einem Lungenfacharzt und sie brauchen ein Antibiotikum."

„Meinen Sie? Okay. Wissen Sie, was ich manchmal denke? Nehmen Sie es mir bitte nicht übel. Ich war früher nicht so. Ich denke, dass ich mit dieser schweren Infektion in das Büro meines Chefs gehe, mir vorher in die Hände spucke und ihm dann die Hand gebe und ihn anstecke."

„Das ist *Ihre* Art der Rache, nicht wahr?"

Er nickte.

„Wissen Sie, wenn mein Vorgesetzter aufgehört hat, fair zu sein, warum soll ich mir dann nicht auch ein paar neue

Spielregeln ausdenken? Ich passe nur die Waffen meinem Gegner an. Wissen Sie, die einen feiern ewig krank und die anderen arbeiten sich tot und werden dann auch noch gegängelt. Ich suche mir meine eigene Art, mich zu wehren."

Diese Worte waren es, die Vera abends auf dem Weg nach Hause durch den Kopf gingen.

Ich suche mir meine eigene Art, mich zu wehren. Sich neue Strategien ausdenken. Wenn die bisherigen nicht funktionieren, sollte man sich andere überlegen.

Genau das war es, was ihr Patient sich ausgedacht hatte. Da er auf andere Art und Weise gegen seinen Vorgesetzten nicht ankam, ging er quasi zu biologischen Waffen über. Angriff der Bakterien. Was für eine Vorstellung! Wie sehr muss man einen Menschen gequält haben, damit er auf solch eine Idee kam?

Vera sehnte sich nach ihrem Zuhause, allein sein zu können, um der Welt den Rücken zu kehren. Im Treppenhaus begegnete sie den Nachbarn, die eine Etage unter ihr wohnten, ein älteres Ehepaar. Sie grüßte freundlich, beschleunigte aber ihr Tempo, da sie sich in kein Gespräch verwickeln lassen wollte.

Als sie den Schlüssel in die Tür steckte, fiel ihr wieder ein, dass sie Sir Limit in der Nacht geschrieben hatte.

Sie fühlte ihren Herzschlag, ein heftiges Pochen in ihrer Brust, Sinusrhythmus, beschleunigt. Im Flur streifte sie schnell ihre Schuhe ab und hängte ihren Mantel über die Türklinke zur Küche. Dann eilte sie ins Wohnzimmer, um ihren Laptop zu starten.

Ob er geschrieben hatte? Der Bildschirm öffnete sich, dann auch das Forum. Tatsächlich war auf ihrem Profil eine

Mail angekommen. Sie öffnete die Mail. Ihre Finger zitterten beim Schreiben.

Sir Limit:
Guten Morgen, Lady Morgan, Sie haben mich weder ver-scheucht noch verwirrt. Im Gegenteil. Ihre Zeilen haben mich sehr berührt.
Ich finde, wir sollten unseren Dialog außerhalb von King-Dom weiterführen, zum Beispiel über E-Mail oder WhatsApp.
Was halten Sie davon?

Nervös trommelte Vera mit ihren Fingern auf dem Tisch. Er hatte direkt am Morgen geantwortet. Er meint es ernst. Was tun? Ratlosigkeit. Immer wieder las sie seine Sätze, als könnte sich plötzlich deren Sinn verändern. Eine unerwartete Energie breitete sich in ihr aus. Sie stand auf, um das Teelicht anzuzünden, das in dem kleinen Verdampfer aus Porzellan stand, füllte Wasser nach und vier Tropfen Melissenöl.

Lady Morgan:
Guten Abend, Sir Limit. Die Idee ist, glaube ich, ganz gut. Jetzt bin ich es wohl, die ein bisschen verwirrt ist. Vielleicht ist „verwirrt" der falsche Ausdruck. Um ehrlich zu sein, bin ich ziemlich aufgeregt. Aber ich freue mich doch sehr.
Wenn Sie mir Ihre Handynummer geben wollen, dann könnte ich mich ja bei Ihnen melden.

Schnell loggte sie sich aus. Sie zog ihre Fleecejacke über, öffnete die Tür zur Dachterrasse und trat hinaus in die kühle Dunkelheit. Sie lehnte sich ans Geländer, schaute auf die

Straße und sah gegenüber dem regen Treiben vor dem hell erleuchteten Stadttheater zu. Oberhausen war auf den Beinen. Sie bückte sich kurz und nahm ihr Fernglas zur Hand, das sie eigens für solche Anlässe besorgt hatte. Aus der Entfernung zusehen, ohne teilzunehmen. Neugierig schaute sie durch das Glas. Für eine Vorstellung im Theater warfen sich viele Leute noch richtig in Schale. Die Männer in ihren Anzügen zeigten nicht so viel Variation, wohingegen manche Frauen dermaßen gekleidet waren, dass man sie für die Schauspielerinnen selbst hätte halten können. Ihre Körpersprache bestand aus einstudierten Gesten und treffsicheren, gut eingesetzten Blicken, die keinen Zweifel daran lassen sollten, dass es sich hier um Frauen von Rang handelte. Gut betuchte Herrschaften, die Geld besaßen, auch wenn es nicht so sein mochte. Jedenfalls gierten sie nach Bedeutung. Am liebsten wären sie für Prominente gehalten worden. Manche waren blassgesichtig. Andere hingegen hatten dunkel braune Gesichter und die Haut eine Beschaffenheit wie gegerbtes Leder, deren biologisches Alter zu bestimmen eine Herausforderung gewesen wäre.

Vera legte ihr Fernglas zur Seite. Noch nie war jemand auf die Idee gekommen, zu ihr nach oben zu schauen. Sie holte ihren Laptop aus dem Wohnzimmer und setzte sich in den Strandkorb. Auf dem Sitz lag noch eine Packung Marlboro, die ihre Freundin Monika vergessen hatte. Sie nahm eine Zigarette, inhalierte tief den Rauch und wartete, bis der Computer bereit war.

Als sie sich bei King-Dom eingeloggt hatte, sah sie sofort, dass sie eine Mail bekommen hatte. Sir Limit hatte ihr seine Handynummer und eine kurze Nachricht zukommen lassen.

„Melden Sie sich, wann immer Sie wollen."

Vera tippte seine Nummer in die Kontaktliste ihres Handys und entdeckte ihn sofort in ihrer WhatsApp-Liste. Aber sein Profilbild zeigte nicht sein Gesicht, sondern einen Mann im Anzug, dessen Gesicht im Schatten blieb. Seine Statuszeile erfreute und beunruhigte sie gleichermaßen: *Worauf wartest du?*

Vera legte den Laptop auf den Boden und stellte sich wieder ans Geländer, zog noch einmal an der Zigarette. Hellrot leuchtete die Glut in der Dunkelheit. Vor dem Theater war es ruhiger geworden. Nur vereinzelt kam noch jemand mit Verspätung, der die Stufen hinauf hastete. Sie war schon lange nicht mehr zu spät gekommen. Sie war gar nicht mehr gekommen. Es ergab sich nicht, sagte sie sich. Doch jedesmal, wenn sie wieder am Geländer stand, um den anderen zuzuschauen, fühlte sie einen leisen, feinen Stich in ihrer Brust. Ein anderes Mal. Aber dann ganz bestimmt. Sie führte die Zigarette zum Mund, nahm einen letzten Zug und schnippte sie vom Dach. In ihrer Jackentasche fühlte sie, wie ihr Handy vibrierte. Sie schaute auf das Display. Es war Monika. Sie ließ es klingeln. Die Mailbox übernahm. Vera setzte sich in den Strandkorb und wickelte sich in eine Decke. Unentschlossen bewegte sie das Handy in ihren Händen. Wieder öffnete sie WhatsApp und schaute auf Sir Limits Profil.

Worauf wartest du?

Gute Frage. Wie soll ich ihn anreden?, überlegte sie. Doch wohl nicht wieder mit Sir Limit, oder doch? Jetzt denk nicht so lange nach! Schreib doch einfach! Du hast eine Doktorarbeit geschrieben, dann wirst du wohl auch in der Lage sein, eine einfache Nachricht zu verfassen!

Auf der Straße eilte ein Krankenwagen vorbei. Die Sirene verlor sich in der Ferne. Im Treppenhaus schlug eine Tür zu. Vermutlich der Etagennachbar, Rolf, der stille Schriftsteller mit dem traurigen Blick. Ab und zu kümmerte sie sich um seine Angelegenheiten, wenn er verreist war. Vera begann, eine Nachricht ins Handy zu tippen, zögerte jedoch sofort wieder. Der Unbekannte hätte dann meine Telefonnummer. Will ich das? Ja, und? Im Notfall legst du dir halt eine neue zu, wenn`s schief geht. Ihre Freundin hätte nicht einen Moment gezögert. Sie gab sich einen Ruck.

Guten Abend, Sir Limit, danke für Ihre Handynummer! Ich habe mich sehr gefreut. Bin etwas aufgeregt. Habe so etwas noch nie gemacht.
Liebe Grüße, Lady Morgan

Ich bin verrückt, dachte sie, als sie auf *Senden* drückte. Es scheint zur Gewohnheit zu werden, dass ich mich für verrückt halte.

Vera fröstelte, ihre Hände zitterten leicht. Ob der Kälte oder der Anspannung wegen, vermochte sie nicht zu sagen. Sie ging zurück in ihre Wohnung. Es roch angenehm nach Melisse, wohltuend, beruhigend. Das Handy legte sie auf den Esstisch und ging ins Bad, um sich für die Nacht zurecht zu machen. Beim Zähneputzen ging sie in Gedanken den nächsten Tag durch. Am Nachmittag würde sie frei haben. Sie verließ das Badezimmer und stieß sich den Ellbogen am Türrahmen. Im Flur entdeckte sie einen Zettel, den ihr Nachbar unter der Tür durchgeschoben hatte. Am liebsten korrespondierte er schriftlich. Schreiben war sein Metier. Trotz seiner ausgeprägten Zurückhaltung hatten sie es irgendwann zum *Du* geschafft.

Hallo Vera, ich fahre für eine Woche nach Berlin. Könntest du dich bitte um meine Blumen und die Post kümmern? Das wäre sehr lieb. Den Schlüssel werfe ich in den Briefkasten.
Danke.
Rolf
P.S. Mein neues Buch ist übrigens fertig. Ich schenke dir eins.

Vera mochte Rolf. Als er vor ein paar Wochen wieder einmal von seiner Reise zurückgekommen war, lud er sie nachmittags zu sich auf ein Glas Wein ein. Sie saßen auf dem Fußboden. Auf den Sesseln und dem Sofa türmten sich Bücher. Sie waren meistens seine eigentlichen Gäste. Überhaupt war fast jeder freie Platz mit Büchern belegt. Sein Wohnzimmer hätte eigentlich weder tapeziert, noch gestrichen werden müssen, denn man konnte aufgrund der vielen Bücherregale sowieso keine Wand mehr sehen.

Er hatte etwas Brot besorgt, dazu Käse und Wein. Seine Entschuldigung, dass er nicht mehr anzubieten hatte, ließ nicht lange auf sich warten. Er war eben erst nach Hause gekommen. Nach seinen Reisen war er gesprächig und sie redeten oft stundenlang, die Zeit vergessend. Rolf verstand es, sowohl lebhaft und detailliert zu erzählen als auch genauso intensiv zuzuhören. Er war an jedem Wort gleichermaßen interessiert und gab niemals irgendwelche Plattitüden von sich. Seine Wohnung war ein Ort, an dem die Zeit schneller zu vergehen schien. Als mittlerweile die Abenddämmerung eingesetzt hatte, legte er eine CD ein. Es war Dire Straits, *Love Over Gold.* Und während sie den Klängen von *Private Investigations* lauschten, verstand sie, warum er nicht das Licht einschaltete.

Blinds on the windows and a pain behind the eyes.

Er war still geworden und schaute vor sich hin, ohne irgendetwas zu fokussieren. Die Dunkelheit breitete sich aus und verschluckte die Gegenstände im Raum. Vera glaubte, am liebsten wäre er selbst auch verschluckt worden, um ihrem Blick und möglichen Fragen zu entgehen. Was ihn quälte, wusste sie nicht. Sie stand vom Boden auf. Er sah zu ihr hin. In seiner Brille, einer gläsernen dünnen Wand, spiegelte sich die Beleuchtung des CD-Spielers.

„Ich gehe dann jetzt mal rüber. Es ist schon spät."

„Ja. Und danke nochmal, dass du nach der Post gesehen hast."

Seine Worte waren nur noch ein Flüstern.

„Habe ich gern gemacht. Sag mir einfach Bescheid, wenn du wieder verreist."

Diese Begegnungen mit ihm waren seltene Momente. Wochenlang klangen diese Stunden in ihr nach.

Sie wollte sie nicht missen.

ELF

Amadeus kam ungepflegt zur Therapiestunde. Er roch nach Schweiß und Rauch. Seine Jeans war speckig und an den Schuhen klebten Lehmbröckchen. Der Zeigefinger seiner rechten Hand war dunkelgelb vom vielen Rauchen.

Er ließ seine blaue Baskenmütze auf dem Kopf, unter der eine dunkle, fettige Locke hervor lugte.

„Jetzt wollen Sie bestimmt wissen, wie es mir geht, nicht wahr? Sie können das doch bestimmt schon erahnen, oder nicht?"

Frau Engel zögerte einen Moment, bevor sie antwortete.

„Soll ich von Ihrem Äußeren auf Ihr Inneres schließen?"

„Und?"

„Demnach geht es Ihnen überhaupt nicht gut. Sie rauchen auch viel, nicht wahr?"

„Ja, leider."

„Es geht Ihnen schlechter als letzte Woche, nicht wahr?"
Er nickte.

„Pastor Enze wurde ermordet", flüsterte er.

„Ich habe es im Radio gehört."

Amadeus drehte eine Locke um seinen Finger.

„Ich weiß nicht, wie oft ich mir gewünscht habe, er möge bezahlen für das, was er getan hat. An Mord habe ich dabei nie gedacht."

„Ich weiß", erwiderte Frau Engel sanft.

„Ich fühle mich so schrecklich leer. Ich kann ihm nichts mehr sagen, nichts mehr fragen. Ich meine, ich hätte sowieso nicht gewusst, was und wie ich ihm noch etwas hätte sagen können. Trotzdem fühlt sich das Ganze an wie eine nie vollendete Komposition, wie eine Tonleiter, die des letzten Tons beraubt worden ist."

„Sie haben Pastor Enze immer noch gemocht, stimmt's?"

Seine Augen füllten sich mit Tränen. Er kämpfte dagegen an. Mit seinen Fingernägeln kratzte er über seine Beine. Ein leises Schaben.

„Das habe ich, obwohl ich so oft versucht habe, ihn mir aus dem Herzen zu reißen. Ich habe es nie geschafft."

„Amadeus, erinnern Sie sich noch daran, was sie mir vor ungefähr vier Wochen gesagt haben?"

„Was genau meinen Sie?"

„Dass Sie ihn kürzlich zufällig gesehen haben und ihm heimlich hinterher gegangen sind, dass er zur Kirche ging, wo ein Junge auf ihn gewartet hat. Dass sie den beiden leise gefolgt sind und Sie gesehen haben, dass Pastor Enze den Jungen in der Kirche geküsst hat am Eingang zur Sakristei."

„Natürlich erinnere ich mich. Worauf wollen Sie hinaus?"

Amadeus nahm die Mütze herunter. Seine Haare klebten am Kopf.

„Denken Sie, ich habe ihn ermordet?"

„Nein. Sie waren das nicht. Ich glaube, zu so etwas sind Sie gar nicht in der Lage. Sie sind ein Mensch, der implodiert, aber keiner, der explodiert. Pastor Enze hat sich offensichtlich über viele Jahre das Vertrauen von Jungen erschlichen und sich ihnen angenähert. Wir wissen nicht, wie weit seine Annäherungen bei anderen Jungen gegangen sind. Auf jeden Fall waren Sie nicht der einzige Betroffene. Als Täter kommen also viele Menschen in Betracht, besonders auch die Eltern."

„Meine Eltern waren es bestimmt nicht!"

„Ich habe Sie das kürzlich nicht gefragt, aber ich möchte das jetzt tun."

Amadeus setzte seine Baskenmütze wieder auf, hob einen Arm, eine Geste, als wolle ein Polizist den Verkehr stoppen.

„Ich weiß, was Sie fragen wollen. Nein, er ist bei mir nicht weiter gegangen. Alles, was zwischen uns passierte, habe ich Ihnen bereits erzählt. Sex war nicht dabei. Er hat mir so viel bedeutet. Ich habe die Enttäuschung nicht ertragen. Er hat sich zunehmend von mir entfernt und sich dem anderen Jungen zugewandt. Er hat mich einfach vergessen. Ich konnte ihn nicht mehr erreichen. Und dann habe ich ihn mit diesem Jungen in der Kirche an der Orgel gesehen, die gleichen Annäherungen, die gleichen Gesten. Dieser Schmerz! Ich habe es nicht verarbeiten können. Deswegen habe ich die Musik auch nicht mehr ertragen. Jedes Mal musste ich an ihn denken. Und dann habe ich ausgerechnet diesen schrecklichen Namen! *Amadeus!* Was haben sich meine Eltern nur dabei gedacht? So etwas Verrücktes! Ein gescheiterter Musiker, der Amadeus heißt. Ich hasse meinen Namen!"

Er senkte seinen Kopf und begann, bitterlich zu weinen. Er vergrub sein Gesicht in seinen großen Händen. Lange, schlanke, feingliedrige Finger. Ihnen fehlten die Tasten, das Klavier, die Orgel. Amadeus fehlte die Musik.

Frau Engel fühlte sich den Tränen nahe. Sie war fassungslos, was Pastor Enze angerichtet hatte. Ob er sich dessen auch nur im Entferntesten bewusst war? Wie viele Jungen hatte er verwundet zurückgelassen? Mancher Schaden entsteht durch subtile Art und Weise. Wer wusste sonst noch davon?

„Amadeus", sagte sie leise.

„Ja?", schluchzte er.

„Amadeus, Sie sind kein gescheiterter Musiker. Sie haben nur eine lange Pause eingelegt."

Sie spürte, dass ihre Worte zu ihm durchdrangen. Das Weinen verebbte, doch er hielt sein Gesicht noch immer verdeckt.

„Sie sind so begabt und haben früher so viele Jahre musiziert, dass ich vermute, dass Sie schnell wieder hinein finden können, wenn Sie es nur versuchen."

Er nahm die Hände herunter und schaute sie an. Viele Sekunden, ganz still und in seinem Blick lag Dankbarkeit, als habe sie ihm eine Offenbarung gemacht, als habe er eine Erkenntnis gewonnen, zu der er alleine nicht mehr fähig gewesen war.

Als er die Praxis verlassen hatte, brühte sie sich in der Küche einen Kaffee auf und setzte sich an ihren Schreibtisch in ihren Bürosessel, wippte mit der Lehne und dachte an Amadeus. Der Kaffee in ihrer Hand dampfte. Sie nippte an der Tasse. Traurig sah sie vor sich hin und je länger sie über ihren Patienten und seine Lebensgeschichte nachdachte, desto mehr Wut stieg in ihr auf. Eine immense Wut, für die es kein Ventil gab, wie eine Flutwelle, die man nur ertragen konnte. Unwillkürlich musste sie an ihren Kollegen Matthias denken und seine Patienten und Patientinnen, von denen viele noch Kinder waren.

Das Telefon klingelte. Es war ihr Kollege Heinrich Hugott.

„Hallo Nicole, ich wollte mal nachfragen, welchen Eindruck du von dem Musiker hast. Er war doch heute bei dir, nicht wahr? Hat er den Pastor umgebracht?"

„Er war es nicht."

„Sicher?"

„Ziemlich sicher."

„Er war doch heute bei dir, oder?"

„Ja." Sie nahm einen weiteren Schluck Kaffee. Ihr war kalt.

„Und? Wie war's?"

„Wie soll es gewesen sein?"

„Ich meine, wie geht es dir damit? Ich weiß, dass dich seine Lebensgeschichte ziemlich berührt."

„Wie es mir geht? Bist du sicher, dass du das wissen willst?"

„Ja", sagte er bestimmt.

„Ich muss gestehen, dass ich das Ganze sehr tragisch finde. Allerdings habe ich auch eine enorme Wut auf diesen Pfaffen!"

„Kann ich gut verstehen. Wenn du magst, komm doch einfach noch für einen Moment rüber. Ich bin auch noch in der Praxis, aber wir könnten dann einen Happen essen gehen. Wie wär's?"

„Wir können uns gleich im Extrablatt treffen. Ich bin in zwanzig Minuten da."

„Nächster Halt Extrablatt – Marktstraße! Ich eile. Bis gleich."

Das Extrablatt war eins jener Lokale, die es geschafft hatten, Jung und Alt zu vereinen. Es war stets gut besucht und die Musik, die hier gespielt wurde, war eine umfassende Auswahl der letzten Jahrzehnte. Als Nicole hinein ging, ließ sie ihren Blick schweifen, entdeckte schließlich ihren Kollegen zu ihrer Linken an einem Vierertisch. Er winkte ihr zu mit seiner großen, fleischigen Hand.

„Hallo Heinrich!"

„Das ist ja toll, dass das geklappt hat. Magst du `was essen?"

„Ich habe einen Bärenhunger."

Er schob ihr die Speisekarte zu. Seine Ringe glänzten im Licht.

„Und du, hast du schon bestellt?"

„Nein, ich bin auch gerade erst gekommen. Ich werde ein Schnitzel essen und ein Bier trinken."

„Ich weiß auch schon, was ich will. Tagliatelle mit Pesto und Salatbeilage."

„Klingt auch gut. Aber ich brauche heute Fleisch."

Frau Engel schmunzelte.

„Was heißt hier *heute*? Du isst doch fast immer Fleisch."

Die Kellnerin kam und nahm die Bestellung auf.

„Du meinst, ich sollte mehr Gemüse essen? Ach, das überlasse ich den Vegetariern. Will denen doch nicht das Essen wegfuttern. Du warst beim Frisör, sehe ich."

„Ja. Ich wollte mal eine radikale Änderung."

„Ist dir gelungen. Ziemlich kurz…"

„Und blond! Hatte ich einfach mal Lust drauf."

„Dreh dich mal. Oh! Sogar den Nacken anrasiert. Fehlt nur noch ein Piercing oder ein Tattoo."

„Wer weiß…."

„Was ist los mit dir, Nicole? Sag schon. Ich merke doch schon länger, dass irgendetwas mit dir nicht stimmt."

Sie wich seinem Blick aus. Er hatte so etwas Eindringliches.

„Alles okay soweit. Nur der übliche Stress. Die spielen heute wirklich gute Musik."

Leise sang sie mit:

I am sailing, I am sailing,

Home again 'cross the sea...

Hugott legte seine Hand auf ihren Arm.

„Netter Versuch, von dir abzulenken, liebe Kollegin."

„Gut erkannt. Machst du doch auch gerne, oder?"

Die Kellnerin brachte das Essen und die Getränke, reichte alles den Gästen und verschwand.

Nicole hob ihr Glas Wasser und prostete ihm zu. Er nahm einen Schluck von seinem Bier.

Can you hear me, can you hear me

Through the dark night far away?

I am dying, forever crying

To be with you, who can say, who can say.

"Ich weiß nicht, wie oft ich dieses Lied auf der Gitarre gespielt habe, bestimmt tausend mal."

Hugott nickte.

„*Can you hear me*.....Was soll ich denn hören? Sag es mir."

Sie wickelte eine Bandnudel um ihre Gabel, wich seinem Blick aus.

„Nun sag es schon!"

„Nichts. Da ist nichts."

„Du meinst also, manche Fragen sind nur ohne Antwort schön?"

Meat Loaf. Manchmal erinnerte er sie an Meat Loaf. Traurig stocherte sie in ihren Nudeln.

„Oder anders herum, manche Antwort ist ohne Frage ganz besonders schön", erwiderte sie.

„Du meinst, der andere antwortet, ohne dass du gefragt hast, einfach aus einer Gewissheit heraus, zu der man selbst gelangt ist. Man kann aber auch ganz schön falsch liegen mit seiner Interpretation."

Nicole stibitzte ein Stück Fleisch von seinem Teller. Er schmunzelte.

„Du hast also doch Lust auf Fleisch?"

„Vielleicht? Kannst mir ja noch ein Stück abgeben. Kriegst von mir dafür ein Salatblatt."

Sie legte ihm Rucola auf den Teller.

Hugott lachte.

Sie schaufelte etwas Mais auf seinen Teller.

„Du willst mich wohl auf Diät setzen. Geschickt."

Sie lachte, strich dabei sanft mit ihrer Hand über seine Wange.

„Ich finde, dein Gewicht passt zu dir. Es steht dir irgendwie. Schlank passt nicht zu dir."

„Oh, du findest mich also attraktiv?"

Mit einer Geste, als verscheuche er eine Fliege, winkte er die Kellnerin fort, als sie an den Tisch kam. Sie störte jetzt.

„Ich finde, du hast einfach Ausstrahlung. Ach, lass uns von etwas anderem reden."

„Zum Beispiel?"

„Mir tut der junge Musiker so leid, der jahrelang seiner Leidenschaft, ja seiner Berufung den Rücken gekehrt hat. Sein Talent dermaßen zu unterdrücken, kann auf Dauer nur depressiv machen. Wer weiß, was aus ihm geworden wäre, wenn er seine Musik nicht aufgegeben hätte? Vielleicht hätte er Konzerte gegeben?"

„Ja, das ist tragisch. Wahrscheinlich ist ihm das auch schmerzlich bewusst. Er kann die Zeit nicht zurück drehen. Was hast du jetzt vor mit ihm?"

Hugott wischte mit der Serviette über den Mund, schob seinen Teller zur Seite und hörte gespannt zu.

„Es wäre gut, wenn er anfängt, seine Vermeidungshaltung aufzugeben. Er hat alles gemieden, was irgendwie mit seiner Musik und der damaligen Zeit in Zusammenhang stand. Seine Noten sind bei seinen Eltern im Keller, sein Klavier ist ebenfalls bei den Eltern, aber er rührt es nicht an. Wenn klassische Musik im Radio gespielt wird, schaltet er es aus und er meidet die Stadt Essen, weil sie ihn stets an die Folkwang Universität erinnert. Ich werde versuchen, ihn vorsichtig mit den gemiedenen Dingen zu konfrontieren."

„Es wird schmerzvoll werden."

„Ja, ich weiß. Schmerzvoll und ich hoffe, befreiend. Ich werde ihm sogar anbieten, irgendwann mit ihm zur Musikhochschule nach Essen zu fahren. Und dann setzen wir uns in eine Vorlesung oder ein Seminar oder was auch immer."

„Dann hoffe ich mal für euch, dass ihr genug Stunden von der Krankenkasse bewilligt bekommt. Ich hatte mal einen ähnlichen Fall, ein junges talentiertes Mädchen, das kurz vor dem Abitur die Schule abgebrochen hat. Sie wollte eigentlich Medizin studieren, doch ihr Vater wollte unbedingt, dass sie eine Ausbildung machte. Er war sehr streng und auch gewalttätig, wenn er getrunken hatte, was oft vorkam. Eines Tages ist sie einfach weggelaufen und nicht mehr zur Schule gegangen. Sie ist zu Freunden in eine Wohngemeinschaft gezogen und hat sich mit kleinen Jobs über Wasser gehalten. Hätte ich mit dem Vater sprechen sollen? Das hätte nichts gebracht. So jemand lässt sich doch nichts sagen."

Nicole nickte und stocherte mit ihrer Gabel im Essen herum.

Hugott winkte die Kellnerin herbei.

„Möchtest du auch einen Espresso?"

„Lieber nicht. Dann ist die Nacht gelaufen. Ein Kakao mit Sahne wäre jetzt nicht schlecht."

„Der Vater hätte sich wahrscheinlich nichts sagen lassen, wäre vielleicht noch ausfallend geworden. Unsere Arbeit ist schon sehr anspruchsvoll."

Die Kellnerin brachte die Getränke. Hugott häufte einen Teelöffel Zucker in sein Tässchen.

Nicole sprach nun sehr leise, während sie die Sahne im Kakao verrührte.

„Tag für Tag erzählen uns Menschen ihre Ängste, Hoffnungen, ihre schlimmsten Erlebnisse, berichten von jenen Menschen, von denen sie gequält wurden. Und wir bleiben ganz ruhig sitzen, geben Antwort, stellen Fragen, bleiben immer gefasst, ganz gleich, ob oder wie sehr einen das Gesagte eventuell selbst aufwühlt."

„Da hast du Recht, Nicole. Das erinnert mich an das, worüber Justin kürzlich gesprochen hat. Weißt du noch? Er sprach von diesem Mann, der von seinem Vorgesetzten so drangsaliert wird."

„Klar, weiß ich das. Ich erinnere mich gut. Es ging um diesen sadistischen Vorgesetzten. Manche Menschen hätten nie eine Führungsposition haben dürfen. Sie toben dort ihre Psychopathologie aus ohne Rücksicht auf Verluste. Und dass man heutzutage nicht so leicht eine neue Stelle bekommt, ist denen auch egal. Justins Patient müsste eigentlich dringend den Arbeitsplatz wechseln."

„Nur wohin? Wo findet er denn auf die Schnelle eine neue Arbeit?"

„Genau das ist das Problem!"

Als sie das Extrablatt verließen, kam ihnen Zigaretten-
rauch entgegen. Vor dem Lokal saßen Grüppchen von
Rauchern um Heizpilze versammelt.

„Jetzt könnte ich auch eine rauchen."

„Niemand hindert dich daran", antwortete Hugott.

„Lass gut sein. Für Gift gebe ich kein Geld aus."

Langsam schlenderten sie über die Marktstaße an den
Geschäften vorbei. Seit der Eröffnung des Centros im
September 1996, dieses riesigen Einkaufszentrums, wurde es
auf der Marktstraße für namhafte Geschäfte immer schwerer,
sich über Wasser zu halten und zunehmend breiteten sich
Billigläden und Leerstände aus. Geschäfte wurden geschlossen und es fanden sich keine Nachfolger mehr.

„Ach, Heinrich!"

„Ja?"

„Schau dich hier um! Die Marktstraße ist nicht mehr das,
was sie einmal war. Früher war ich schon mal gerne hier
zum Bummeln, aber das ist lange her. Mich zieht hier eigentlich nichts mehr hin außer vielleicht die wehmütige Erinnerung an eine Zeit, in der ich mich hier noch zu Hause gefühlt
habe. Aber jetzt, wann immer ich über die Marktstraße oder
die Elsässerstraße in Richtung Friedensplatz gehe, über den
Zebrastreifen, am Cafè Transatlantik und dem Kino vorbei,
fühle ich mich wie ausgespuckt von dieser Stadt. Sie ist mir
fremd geworden. Ich fühle mich hier wie abgeschnitten und
das macht mich sehr, sehr traurig. Ich sollte es lassen, hierhin zurück zu kommen. Aber sollte man einer Stadt, in der
man jahrelang gelebt hat, vollkommen den Rücken kehren?"

Hugott legte seinen Arm um Nicole. Sie ließ es
geschehen.

„Oberhausen ist mir fremd geworden, die Menschen hier, die Straßen, die Billigläden, die Atmosphäre. Diese Stadt gibt mir ein Gefühl der Entwurzelung."

„Ist es im Centro anders?"

„Da bin ich emotional nie wirklich angekommen. Da sind mir auch zu viele Leute, zu viel Gedränge."

„Wo parkst du eigentlich?"

„In der Straße hinter dem alten Kaufhof."

„Ich begleite dich noch zu deinem Auto."

„Das ist lieb von dir."

„Old School."

„Ein Mann mit Stil und Niveau."

„Danke. Wenn du magst, können wir unser Gespräch demnächst gern weiterführen."

ZWÖLF

Es war ein trüber Sonntagnachmittag. Blass graues Licht, der Himmel wolkenverhangen, windstill.

Robert Stolz lag seit dem Frühstück regungslos auf dem Sofa, die Augen geschlossen, als schliefe er, doch seine Frau Vivian wusste, dass er wach war. Er kehrte lediglich der Welt den Rücken zu. Nichts mehr sehen, nichts mehr hören. Die Flucht jedoch gelang nicht, denn in seiner inneren Welt spielten sich endlose Wiederholungen ab. Szenen aus dem Büro, die hässliche Grimasse seines Vorgesetzten, sein hämischer Blick, seine Schritte auf dem Flur, seine ständige Kritik, der ganze Druck, der von ihm ausging. So war das Schließen der Augen sein Versuch, der Welt zu entkommen. Doch genau das war es, was ihn zu weiterem Grübeln veranlasste.

Ab und zu setzte er sich auf, fischte eine Zigarette aus der Packung und zündete sie an, wie in Trance, mit leerem Blick, als sei er im Aufwachen begriffen, jedoch nicht bereit, wirklich in Erscheinung zu treten.

Seine Frau hatte mehrfach vergeblich versucht, ihn wenigstens zu einem kurzen Spaziergang zu bewegen. Doch seine Antriebslosigkeit lag auf ihm wie ein schwerer Stein. Sie wusste sich keinen Rat mehr. Eigentlich wollte er am darauffolgenden Tag, am Montag, wieder zur Arbeit gehen. Er wollte es zumindest versuchen. Es schien jedoch unmöglich. Die Termine bei seinem Therapeuten nahm er weiterhin regelmäßig wahr, doch Herr Nox konnte ihm schließlich auch keinen besseren Arbeitsplatz herbeizaubern.

Noch nie hatte Vivian sich so hilflos gefühlt, noch nie hatte sie ihren Mann in einem derart desolaten Zustand gesehen. Sie wollte helfen und konnte es nicht. Ihr Mann hatte für sie etwas Unnahbares und gleichermaßen auch Unberechenbares an sich. Seine Stimmung pendelte zwischen schwerer Niedergeschlagenheit und extremer Aggression und auch Haltlosigkeit. An manchen Tagen hätte sie ihm gern die Autoschlüssel weggenommen, denn er durchbrach jede Geschwindigkeitsbegrenzung, war geistig abwesend während der Fahrt und hörte bisweilen höllisch laute Musik, so ein entsetzliches Gegröle, Death Metal. Dabei hatte er für diese Musikrichtung nie etwas übrig gehabt. Oft hatte sie Angst, wenn sie neben ihm saß. Wenn sie ihn ermahnte, langsamer zu fahren, reagierte er verzögert, als würden ihre Worte nur langsam zu ihm durchringen. Zu Hause lief er durch die Zimmer und stieß wütende Drohungen gegen seinen Vorgesetzten aus, er werde es schon noch büßen, er solle ihm nicht noch einmal krumm kommen, dann würde er etwas erleben.

Solche Wutausbrüche verebbten und ließen ihn für Stunden völlig erschöpft zurück, als habe sich sämtliche Lebensenergie verflüchtigt.

Nachts kam es nun häufig vor, dass er im Wohnzimmer saß und über Kopfhörer Musik hörte oder er saß am Computer und surfte ziellos durchs Internet, folgte einem Link nach dem anderen. Morgens fand sie ihn auf dem Sofa in Jeans und Pullover, graue Strähnen klebten in der Stirn. Irgendwann war er eingeschlafen, doch meist weit nach Mitternacht. Wenn sie sich dann zu ihm aufs Sofa setzte und er sie anschaute mit seinen müden Augen, fühlte sie Tränen in sich aufsteigen. Doch sie wollte stark sein für ihn. Dunkle Augenränder umrahmten seine dunkelbraunen Augen, seine Haare waren zerwühlt und bedurften einer Haarwäsche und auch eines Frisörs.

Seit ein paar Tagen, das war Vivian nicht entgangen, hatten seine Augen aber noch einen anderen Ausdruck angenommen. Es fiel ihr schwer, ihre Wahrnehmung genauer zu beschreiben. Am ehesten träfen die Worte *wirr*, *haltlos* und *böse*. In seinem Blick spiegelte sich etwas abgrundtief Dunkles.

Eine bis dahin nie gekannte Unruhe breitete sich in ihr aus.

Welche Möglichkeiten gab es, ihm zu helfen? Mit dem Vorgesetzten zu sprechen, war völlig undenkbar. Sie wollte nicht als Bittstellerin vor ihm stehen. Er würde sie auslachen. Und was sollte sie ihm auch sagen? *Seien Sie bitte freundlich zu meinem Mann.* Das Beste wäre, er würde verschwinden und es wäre wieder so wie früher. Ihr Mann war einer der besten Mitarbeiter, zuverlässig, leistungsstark und hilfsbereit – das war, bevor Herr Stein sein Vorgesetzter wurde.

Eigentlich blieb ihr nichts anderes übrig, als am nächsten Morgen mit ihrem Mann erneut zum Arzt zu gehen und die Krankschreibung zu verlängern. Durch das Krankengeld wurde es allerdings langsam knapp in der Haushaltskasse. Doch er konnte morgen auf keinen Fall zur Arbeit. Und falls er sich aufraffen würde, so fürchtete sie, dass er die Kontrolle über seine Wut verlieren könnte. Was dann passieren würde, wusste sie zwar nicht, aber es würde auf jeden Fall zu einer fristlosen Kündigung und einer Anzeige führen und damit den Weg in die Arbeitslosigkeit bereiten.

Es war kein Problem, die Krankschreibung zu verlängern. Sein Hausarzt, Dr. Stern, zeigte sich ebenfalls besorgt, als er die Schilderungen der Ehefrau seines Patienten hörte. Herr Stolz saß neben ihr und erweckte den Eindruck, als spräche sie überhaupt nicht über ihn, sondern als berichte sie über irgendeinen Unbekannten. Scheinbar unbeteiligt schaute er wahlweise zu Boden oder schaute sich die Bilder an den Wänden an, seine Hände zu Fäusten geballt. Dr. Stern konnte nicht einschätzen, ob er sich nur in einen entlegenen Winkel seiner Seele zurückgezogen hatte oder ob er sich hinter einer Wand versteckt hatte und einen Plan schmiedete.

So etwas hatte er schon einmal bei einem anderen Patienten erlebt. Eine besondere Art der Stille, die anmutete wie hoch gespannte Aufmerksamkeit eines in die Enge getriebenen Tieres kurz vor dem Sprung.

Dr. Stern griff zum Telefon. Er hatte Glück, Justin Nox nahm nach dreimaligem Klingeln das Telefonat entgegen. Ja, er hatte Zeit. Es war möglich, dass Herr Stolz noch am selben Tag zu einem Gespräch vorbei kommen konnte. Dr. Stern schaute zu seinem Patienten. Dieser nickte.

„Ja, Herr Stolz kommt gleich bei dir vorbei. Dank dir!"

„Kein Problem. Bis bald. Wir sehen uns!"

„Ja, ciao."

Das Gespräch mit seinem Therapeuten dauerte länger als gewöhnlich. Justin Nox war alarmiert aufgrund der emotionalen Wucht, mit der Herr Stolz seine aggressiven Phantasien hervorbrachte, als er zu sprechen begann. Sie klangen nicht nebulös und undurchführbar, sondern deren detaillierte Beschreibung und Realitätsnähe machten die Umsetzung wahrscheinlich. Wahlweise wurde sein Vorgesetzter, Herr Stein, im Flur die Treppe hinunter gestürzt, mit dem Auto angefahren, vergiftet, erstochen oder einfach im Dunkeln auf dem Parkplatz zusammengeschlagen.

Würden es Phantasien bleiben oder würde Herr Stolz die Grenze überschreiten? Eins war sicher, viele Vorgesetzte wissen nicht, wie gefährlich sie leben. Denken sie nie darüber nach, dass ihr Verhalten bei den Angestellten eine unglaubliche Verachtung und Wut auslöst?

„Wie kann ich sicher sein, dass Sie Ihren ganzen Hass nicht in die Tat umsetzen?"

„Weiß ich nicht."

„Muss ich davon ausgehen, dass Sie Herrn Stein etwas antun?"

Bitte sag jetzt *nein,* ging es Nox durch den Kopf. Und bitte glaubhaft.

Herr Stolz schaute ihn nur still an, überlegte einen Moment, bevor er Antwort gab, mechanisch wie ein Roboter.

„Ich – werde – ihm – nichts – antun."

Er sah zu Boden, seine Augen röteten sich.

„Aber wie soll es denn weitergehen mit mir? Wie soll ich arbeiten können? Ich weiß nicht weiter. Ich finde doch in meinem Alter kaum eine neue und gut bezahlte Stelle."

„Meinen Sie nicht, dass sich der Konflikt zwischen Ihnen und Ihrem Vorgesetzten irgendwann beruhigen könnte? Sie müssen ihn ja nicht lieben."

„Es geht da nicht nur um einen Konflikt, den man bearbeiten oder beheben könnte. Herr Stein ist das Problem selbst. Er attackiert einen nach Lust und Laune. Er denkt sich immer etwas Neues aus."

Herr Nox überlegte, was er antworten sollte. Am liebsten hätte er so etwas gesagt wie, Sie haben vollkommen Recht.

Ihr Vorgesetzter ist ein großes, sadistisches Arschloch und hat einen Tritt in den Hintern verdient.

Hinter dem Hass seines Patienten gewahrte er die enorme Verzweiflung.

Herr Nox behielt die Kontrolle, wählte seine Worte mit Bedacht. Selbstkontrolle, stets die Kontrolle behalten über die Gefühle, die Körpersprache, die Worte, den Tonfall, Resonanzkörper sein und mitfühlen, aber immer kontrolliert im Ausdruck.

„Was Sie mit Ihrem Vorgesetzten erleben, das tut mir wirklich sehr leid! Dass solche Menschen ungestraft einem das Leben schwer machen dürfen, einfach über Leichen gehen und sich dann umdrehen, als wäre nichts gewesen. Das schreit zum Himmel."

„Das ist doch nicht okay?", sagte Herr Stolz nun leise. Seine Wut hatte ihre Kraft verloren. Mutlos sackte er in sich zusammen.

„Da haben Sie Recht. Und Sie können derzeit auf keinen Fall zur Arbeit. Sie brauchen Zeit. Und ich empfehle Ihnen, dass Sie sich jetzt schon mal nach anderen Stellen umschauen."

Herr Stolz nickte müde.

Vivian saß im Wartezimmer und blätterte teilnahmslos in irgendwelchen Zeitschriften, als Herr Nox mit ihrem Mann in der Tür erschien und sie zu sich rief.

„Ihrem Mann geht es wirklich sehr schlecht."

„Darum sind wir hier."

„Geben Sie bitte Acht auf ihn. Seine Wut kann nach außen, aber auch nach innen los gehen."

„Was meinen Sie damit?"

„Entweder bleibt seine Wut im Bereich der Phantasie, oder aber er agiert sie aus – entweder gegen den Vorgesetzten oder aber vielleicht auch gegen sich selbst."

„Robert, sag etwas! Du wirst doch wohl nicht...."

„Nein, ich werde nicht..."

Nur kurz hob er seinen Kopf, um sie anzuschauen.

„Ich gebe Ihnen meine Handynummer, Frau Stolz, dann können Sie mich im Notfall erreichen."

„Danke. Ich hoffe, ich brauche sie nicht."

Schweigend verließen sie die Praxis und auf dem Weg nach Hause fuhr er langsam und konzentriert. Die Musik hatte eine angenehme Lautstärke und er wechselte sogar die CD. Statt des höllischen Gegröles legte er Elton John ein, *Candle In The Wind*. Vivian legte ihre Hand auf seinen Nacken und streichelte ihn. Er lächelte ihr zu. Das Gespräch mit Herrn Nox schien ihn beruhigt zu haben. Zumindest war seine Wut verklungen.

Zu Hause angekommen, spürten sie beide eine ausgeprägte Müdigkeit, legten sich aufs Sofa, deckten sich mit einer Wolldecke zu und schliefen aneinander geschmiegt ein.

Es dämmerte bereits, als sie wieder aufwachten. Vivian wollte etwas kochen, doch ihr Mann schlug vor, etwas von außerhalb zu holen. Er wolle noch eine kleine Runde spazieren, nachdenken und dann auf dem Rückweg etwas von der Grillstube mitbringen. Was sie denn gerne essen wolle? Pommes mit Curry-Frikadelle und Zwiebeln? Wie immer? Dazu eine Cola? Gut.

„Du kannst ruhig schon mal den Tisch decken. Ich bin ja gleich wieder da."

Als Robert nach fast zwei Stunden noch immer nicht zurück war, begann sie langsam unruhig zu werden. Sie rief auf seinem Handy an, doch als sie das Klingeln hörte, wusste sie, dass er es nicht mitgenommen hatte. Sie holte den Zettel, auf dem Herr Nox seine Handynummer notiert hatte, zögerte jedoch. Das war doch kein Grund zum Anrufen. Was sollte sie denn sagen? Dass ihr Mann spazieren war. Mach dich nicht lächerlich, ging es ihr durch den Kopf.

Doch dann hörte sie den Schlüssel in der Tür. Sie atmete auf und lief ihm entgegen. Er konnte gerade noch die Tüte mit dem Essen zur Seite stellen, als seine Frau ihn in den Arm nahm und so fest umklammerte, als wollte sie ihn nicht mehr los lassen.

„Wo warst du nur so lange?"

Sie konnte ihre Tränen nicht mehr zurückhalten.

„Wo soll ich schon gewesen sein? Ich bin ein bisschen durch die Straßen gelaufen und war dann beim Grill."

„Aber es ist stockdunkel! Du warst zwei Stunden fort."

Er drückte sie fest an sich.

„Hab keine Angst. Alles wird gut."

„Versprich mir das! Bitte!"

„Ich verspreche es!"

DREIZEHN

Dr. Hugott öffnete Vera freundlich die Tür und wies sie an, schon im Behandlungszimmer Platz zu nehmen. Es war still in der Praxis. Der Duft eines süßlichen Parfums lag schwer in der Luft. Sie war die letzte Patientin an diesem Tag. Aber es musste vor wenigen Minuten noch jemand hier gewesen sein. Die Rezeption war nicht mehr besetzt. Sie hängte ihren Mantel an die Garderobe im Flur. Im Behandlungsraum war es warm, beinahe stickig. Sie nahm vor dem Schreibtisch Platz. Eine kleine Uhr tickte leise vor sich hin. Der PC war noch eingeschaltet, der Monitor jedoch nicht einsehbar. Sie konnte nur die Rückseite sehen, auf dem oberen Rand eine feine Staubschicht. An den Wänden hingen Bilder von Landschaften und Städten, wahrscheinlich Urlaubsfotos. Eine schmale Gasse, von weißen Häusern umsäumt, mediterraner Charakter. Lavendelfelder. Ein Strandbild.

Sie bemerkte zunächst nicht, dass er den Raum betreten hatte. Sie war überrascht, als er ihr plötzlich gegenüber saß. War er leiser als sonst?

Irritiert schaute sie zur Tür. Sie war längst geschlossen. Ihr Seufzen war ihm nicht entgangen.

„Guten Abend, Doktor!"

Heute so förmlich, dachte er. Oder möchte sie sich einen Scherz erlauben?

„Guten Abend, Frau Doktor!"

„Ich habe Sie gar nicht hereinkommen hören. Mir scheint, Sie sind heute leiser als sonst."

„Oder waren Sie einfach in Gedanken?"

„Ja, vielleicht auch das. Schöne Bilder haben Sie."

„Sie gefallen Ihnen?"

„Ja! Da bekommt man Lust auf Urlaub. Könnte ich mal wieder gebrauchen. Aber ich weiß sowieso nicht, wohin? Haben Sie eine Idee für mich?"

„Nein. Aber wenn Ihnen die Bilder gefallen, haben Sie ja eventuell einen Anhaltspunkt, was für Regionen Ihnen gefallen könnten."

„Ich kann mich nicht aufraffen."

„Sie können sich nicht aufraffen, Urlaub zu machen? Ist das eine Last?"

„Zu Hause ist man vielleicht sicherer. Zumindest bekommt man den Eindruck, wenn man die Nachrichten hört."

„Sie meinen die terroristischen Anschläge?"

„Ja. Die sind doch alle irre. Wie kann man nur so verblendet sein?!"

„Das frage ich mich allerdings auch."

„Ich finde, man sollte unterscheiden zwischen *Bösartigkeit* und *psychischer Erkrankung*. Oder muss man annehmen, dass jemand, der bösartig ist, immer auch psychisch krank ist?"

„Möchten Sie mit mir heute ein theoretisches Gespräch führen?"

„Wirkt das so?"

Hugott nickte. Eine Haarsträhne fiel ihm ins Gesicht.

„Ich bin oft unruhig, würde gerne etwas erleben und gleichzeitig sperre ich mich ein. Ich fühle mich wie in einem Käfig. Ich würde gerne irgendwohin fliegen, wo es warm ist, Mallorca vielleicht. Doch sofort habe ich Angst, dass das

Flugzeug gesprengt wird oder abstürzt. Will ich nach Frankreich, befürchte ich, die Cafés fliegen in die Luft. Will ich in ein Konzert, denke ich, Terroristen stürmen vielleicht den Saal. Ich weiß zwar, dass das alles übertrieben ist. Aber es beeinflusst mich trotzdem."

„Sie haben wirklich sehr viel Angst. Da wird der Lebensraum immer kleiner. Gibt es denn Orte oder Situationen, in denen Sie keine Angst haben?"

Sie schwieg, schaute ihm nur zu, wie er irgendetwas in seinen Computer tippte. Dass seine molligen Finger es überhaupt schafften, so flink tatsächlich jeweils nur eine Taste zu treffen, grenzte schon an ein Wunder.

„Ja, die gibt es. Zu Hause zum Beispiel fühle ich mich sicher. Da habe ich meine Ruhe. Manchmal aber empfinde ich auch einfach Hass. Es ist nicht nur Angst. Und dann stelle ich mir so einiges vor."

Sofort hörte er mit dem Tippen auf. Zu gern hätte sie sich über den Schreibtisch gelehnt, um nachzuschauen, was er denn da so emsig in seinen PC hineinschrieb.

„Hass?"

„Ja. Hass und zwar auf alle jene Menschen, die anderen Schaden verursachen. Ich finde, manche Strafen sind einfach nicht hart genug."

Hugott zog die Augenbrauen zusammen, warf einen Blick zur Uhr. Wie viel Zeit blieb ihnen noch? Er verspürte Irritation. Was lief da heute? What´s the name of the game? Es gelang ihm nicht, seine Patientin heute einzuschätzen. Wie ein Hase, der übers Feld rennt, schlug sie Haken.

„Und was machen Sie mit dem Hass?"

„Vielleicht sollte ich mich in einem Schießsportverein anmelden. Dann kann ich mir eine Waffe zulegen."

„Und dann?"

„Dann schieße ich auf Konservendosen."

„Ich glaube, Sie wollen mich heute aus der Reserve locken, Frau Weiß."

„Keine Ahnung. Vielleicht."

„Mal eine ganz andere Frage. Was haben Sie eigentlich so in den letzten Tagen gemacht? Konnten Sie sich zu irgendetwas aufraffen? Eine Verabredung? Ein Hobby?"

„Ich habe gearbeitet."

Noch während sie antwortete, schaute sie wieder zu den Fotos an der Wand. Hugott schwieg. Sie konnte seinen Atem hören. Das lag wohl an seinem Gewicht. Vielleicht auch an einer Verengung der Atemwege. Nachts schnarcht er bestimmt.

Er kann nicht hören, was ich denke, sagte sie zu sich.

„Ich habe nicht nur gearbeitet, sondern...."

Sie unterbrach sich.

„Sondern.....", entgegnete er.

Sie schlug die Beine übereinander und wippte mit dem Fuß.

„Sondern.....Fällt mir schwer zu sagen. Naja. Sie haben ja Schweigepflicht. Okay. Ich beobachte schon mal Leute."

Ihr war, als habe sie Anzeichen von Verwunderung in seinem Gesicht gesehen.

„Und?", fragte er.

Sie schwieg.

„Sie schämen sich, nicht wahr?"

„Kann man so sagen. Sie haben doch Schweigepflicht, oder?"

„Allerdings! Und vor mir müssen Sie sich nicht schämen."

Er strich sich die Haare aus der Stirn und zog sie nach hinten über den Kopf.

„Ich beobachte mit einem Fernglas von meiner Dachterrasse aus die Menschen, die sich vor dem Stadttheater versammeln. Ich wohne da nämlich und ich schaue ihnen gerne zu."

„Teilnehmen aus der Distanz heraus?"

„Vielleicht."

„Gehen Sie auch schon mal ins Theater?"

„Schon ewig her."

„Warum?"

„Doktor, Sie können vielleicht Fragen stellen. Warum? Warum soll ich mir Geschichten anschauen, die andere sich ausgedacht haben?"

„Lesen Sie auch nicht?"

„Doch."

Sie hörte das Telefon an der Rezeption klingeln.

„Wenn Sie lesen, sind das doch auch Geschichten, die andere sich ausgedacht haben."

Nachdenklich schaute sie ihn an. Es war schwer, ihm zu entkommen. Ein schlauer Fuchs.

„Sie haben Recht. Aber lesen kann ich in meiner Wohnung. Da muss ich mich nicht unters Volk mischen."

Hugott spürte, dass irgendetwas in ihrem Leben passiert sein musste. Sie war einsam, dachte er.

„Hatten sie zu irgendjemandem Kontakt?"

„Zu einer Freundin und zu dem Mann aus dem Forum, von dem ich Ihnen erzählt habe."

„Und?"

„Der Abend mit meiner Freundin war ganz nett. Und mit besagtem Herrn habe ich nur geschrieben."

„Geschrieben? Mails?"

„Nein. Wir haben angefangen, über WhatsApp auf dem Handy zu schreiben. Nicht viel bis jetzt. Weiß auch nicht, wo das hinführen soll und was das Ganze überhaupt soll. Aber es ist wenigstens spannend. Ja, es ist total spannend. Aufregend."

„In den Momenten ist ihre Stimmung also besser? Ich sehe, Sie lächeln."

„Es ist irgendwie....lassen Sie mich die richtigen Worte finden......es ist......belebend, mal etwas anderes."

„Etwas anderes als Monotonie?"

„Ja. Es ist aufregend, mit diesem Unbekannten zu schreiben. Es ist anregend. Ich freue mich immer, wenn eine Nachricht von ihm kommt."

„Er scheint Ihnen gut zu tun. Trotzdem bitte ich Sie, passen Sie auf sich auf. Sie wissen nicht, mit wem Sie es zu tun haben."

„Wir schreiben ja nur, bis jetzt wenigstens. Aber es ist irgendwie mehr als Schreiben. Schwer zu sagen. Mit ihm zu schreiben, löst irgendetwas aus, keine Ahnung. Irgendwie rührt er an inneren Bereichen, die ich nicht kenne, wie eine Fahrt ins eigene innere Dunkel."

„Macht Ihnen das Angst?"

„Irgendwie schon. Aber nicht nur."

„Wollen Sie, dass es dunkel bleibt, oder wollen Sie Licht hinein bringen?"

Wieder Stille im Raum. Hugott beobachtete sie genau, jeden Lidschlag, jede Bewegung. Dann setzte er nach und sagte:

„Mit dieser Frage entlasse ich Sie für heute. Sie müssen sie jetzt nicht beantworten."

Stumm erwiderte sie seinen Blick, mehrere Sekunden, ohne ein Wort. Nur das leise Ticken der kleinen Uhr auf dem Schreibtisch war zu hören.

Er glaubte, in ihrem Blick Erleichterung zu sehen.

An der Tür zögerte sie einen Augenblickt, als wollte sie noch etwas sagen, tat es aber nicht. Dann verließ sie die Praxis. Er konnte ihre Schritte auf den Marmorstufen hören, wie sie immer leiser wurden und sich entfernten.

Zu Hause angekommen, zündete sie als erstes wieder ihre kleine Duftlampe an und träufelte Melissenöl in die Glasschale mit Wasser.

Sie verspürte Hunger, hatte aber nicht im Geringsten Lust, irgendetwas zu kochen. Sie nahm sich zwei Bananen aus der Obstschale und schlang sie hinunter, als wäre Essen ein lästiges Übel, das nur Zeit raubt.

Sie öffnete die Tür zur Dachterrasse. Am Theater war es ruhig. Es regnete leicht und Lichter spiegelten sich in den Pfützen. Der würzige Duft des Herbstes. Sie holte ihr Fernglas und suchte die Straßen ab. Nur vereinzelt waren Fußgänger unterwegs. Niemand kam auf die Idee, nach oben zu sehen. Dann ließ sie ihren Blick über die Häuserwände gleiten. In manchen Zimmern brannte Licht, doch sie konnte trotzdem nicht viel erkennen, da üppige Pflanzen auf den Fensterbänken die Sicht versperrten. Aber es machte ihr heute sowieso keine Freude. Ihre Gedanken waren vielmehr mit etwas anderem beschäftigt. Vielleicht waren ja Nachrichten auf WhatsApp angekommen.

Und tatsächlich fand sie eine Nachricht von Sir Limit.

Liebe Unbekannte, ich freue mich, dass Sie mir geschrieben haben. Über WhatsApp ist es doch viel leichter und schneller. Danke für Ihr Vertrauen! Wie geht es Ihnen? Ich hatte heute einen ziemlich stressigen Tag.
Ich wünsche Ihnen einen schönen Abend.
LG Hendrik

Was gibt man denn da zur Antwort? Vera begann zu schreiben, löschte aber alles sofort wieder weg. Er hat den Stil geändert. Es ist persönlicher. *Lady* und *Sir* sind verschwunden. Er unterschreibt mit Namen. Soll ich das auch machen? Was nun? Nun, der Vorname ist ja kein Nachname. Okay. Komm schon! Gib dir einen Ruck!

Lieber Hendrik, ich freue mich auch. Sie haben Recht, dass es über WhatsApp leichter ist.
Mir geht es ganz gut. Bin aufgeregt. Es ist schon komisch, wenn man zwischendurch an jemanden denkt, den man gar nicht kennt....
LG Vera

Schon kurz darauf kam seine Antwort.

Liebe Vera, das ist schön, dass Sie an mich denken. Mir geht es wie Ihnen. Und zwischendurch frage ich mich, was Sie gerade so tun.

Ist das Neugier oder einfach nur Interesse, fragte sich Vera. Ist das harmlos? Will er mich ausspionieren?

Was antworte ich?

Vera:
Lieber Hendrik, momentan bin ich zu Hause, sitze auf mei-
nem Sofa und ich schreibe mit Ihnen.
:-)

Hendrik:
Liebe Vera, da haben wir etwas gemeinsam. Bin auch zu
Hause.

Vera:
Was ich so mache? Gerade eben war ich zum Beispiel auf
meiner Dachterrasse. Da sitze ich oft und gern. Jetzt, da es
draußen kälter geworden ist, sitze ich da natürlich weniger.
Ich habe einen Strandkorb und ich ziehe mir eine dicke
Jacke an, setze mich da hinein und genieße die Ruhe.

Hendrik:
Klingt gut. Aber jetzt sitzen Sie ja auf dem Sofa, wie Sie
sagten.

Vera:
Genau.

Hendrik:
Schade.

Vera:
Wieso schade?

Hendrik:
Mir gefällt einfach die Vorstellung, wie sie im Strandkorb sitzen. Ein Strandkorb hat so etwas Geborgenes. Haben Sie die Füße dann auf dem Boden oder ziehen Sie Ihre Beine in den Strandkorb?

Vera: (lacht)
Na, Sie wollen es aber genau wissen. Das hat mich noch niemand gefragt. Also, da Sie ja Details hören wollen....Tut mir leid, ich muss gerade lachen.

Hendrik:
Ist okay. Ich muss jetzt auch lachen.

Vera:
Das ist unterschiedlich, wie ich da so sitze. Manchmal bin ich komplett im Strandkorb, mit Beinen und Füßen. Wenn es kühl ist, dann auch eingemummelt in eine kuschelige dicke Decke. Wenn ich nur mal kurz draußen bin, um eine Zigarette zu rauchen, dann sitze ich da ganz „normal" und beide Füße stehen vor dem Strandkorb.
Falls Sie auch noch die Ausrichtung der Füße wissen wollen: Sie stehen parallel nebeneinander.

Hendrik:
Danke für die sehr detaillierte Information. Haben Sie Dank für Ihre Beschreibung. Das ist wirklich lieb von Ihnen.

Vera lief mit ihrem Handy zur Terrassentür und schaute in die Dunkelheit. Sie konnte nicht sagen, warum dieser Dialog sie faszinierte. Sie wünschte sich nur, er möge noch etwas andauern.

Hendrik:
Sind sie noch da, Vera?

Vera zuckte zusammen, als das Handy plötzlich wieder surrte.

Vera:
Ja, ich bin noch da.

Hendrik:
Haben Sie sich gerade etwas zum Trinken geholt?

Vera:
Nein. Ich bin zur Terrassentür gelaufen, habe sie aber nicht geöffnet.

Hendrik:
Würden Sie sie denn gerne öffnen? Möchten Sie in Ihren Strandkorb?

Vera:
Vielleicht. Weiß nicht.

Hendrik:
Warum wissen Sie es nicht?

Vera:
Es regnet.

Hendrik:
Und wenn es nicht regnen würde?

Vera:
Warum fragen Sie eigentlich so viel?

Hendrik:
Interesse. Ich male mir aus, wie Sie sich in Ihre Decke einwickeln. Welche Farbe hat die Decke?

Vera:
Blau. Dunkelblau.

Hendrik:
Ist das Ihre Lieblingsfarbe?

Vera:
Da habe ich noch nie drüber nachgedacht, ob ich eine Lieblingsfarbe habe. Auf jeden Fall gefällt mir Blau. Haben Sie eine Lieblingsfarbe?

Hendrik:
Nein. Ich mag viele Farben und Farbtöne. Ein dunkles Rot gefällt mir zum Beispiel.

Vera:
Ja, mir auch. Ich habe sogar einen Pullover in der Farbe. Darf ich Sie auch etwas fragen, etwas sehr Persönliches?

Hendrik:
Dürfen Sie!

Vera:

Ich habe mir in dem Forum, wo wir uns begegnet sind, verschiedene Profile angeschaut und bin ziemlich irritiert. Manches wirkt ja halbwegs normal, aber es gibt da Leute, die auf ihrer Seite posten, dass sie auf Bestrafung, Peitschenhiebe oder Genitalfolter stehen. Die einen wollen das erleiden, die anderen wollen es gerne jemandem zufügen. Das finde ich sehr absonderlich.

Hendrik:

Und wo ist da jetzt Ihre Frage?

Vera:

Nun, stehen Sie auch auf solche Dinge? Sind Sie auch sadistisch? In Ihrem Profil steht fast gar nichts. Die anderen schreiben viel zu ihren Neigungen oder Erfahrungen. Sie haben dazu keine Angaben gemacht.

Hendrik:

Liebe Vera, ich mag keinen Sadismus. Weder füge ich Schmerzen zu, noch mag ich welche erleiden. Man sagt mir eine gewisse Dominanz nach. Aber ich tue niemals etwas, was die Frau nicht will. Ich würde Ihnen niemals weh tun. Nie.

Vera:

Das hört sich ja beruhigend an.

Hendrik:

Ich hoffe, Sie glauben mir.

Vera:
Wir schreiben zwar erst seit kurzem, aber irgendwie glaube ich Ihnen.

Hendrik:
Danke. Vertrauen ist die Grundlage.
Darf ich Sie um etwas bitten?

Vera:
Hängt von der Bitte ab.

Hendrik:
Sie sagten, dass Sie einen dunkelroten Pullover haben.

Vera:
Ja. Das stimmt.

Hendrik:
Ich würde mich sehr freuen, wenn Sie ihn in den nächsten Tagen tragen würden, vielleicht an zwei verschiedenen Tagen. Die können Sie selbst festlegen. Würden Sie das für mich tun?

Verwundert starrte Vera auf ihr Handy. Solch eine Bitte hatte noch nie jemand an sie gerichtet. Aber warum eigentlich nicht? Fühlte sich irgendwie spannend und geheimnisvoll an.

Vera:
So etwas hat mich noch nie jemand gefragt. Ich tue es. Ich erfülle Ihren Wunsch.

Hendrik:

Danke, liebe Vera. Das freut mich wirklich sehr. Sie haben jetzt auch einen Wunsch frei. Sagen wir bis morgen? Ich muss off.

Vera:

Das freut mich, dass Sie sich freuen. Und ich werde mir Gedanken dazu machen, was ich mir denn von Ihnen wünschen könnte. Ich danke schon mal im Voraus. :-) Bis morgen, lieber Hendrik. Ich freue mich auf Sie.

VIERZEHN

Every breath you take
And every move you make
Every bond you break, every step you take
I`ll be watching you

Manfred Stein riss den Zettel von der Tür, schaute nach links und rechts. Niemand in der Nähe. Er fühlte Unbehagen in sich aufsteigen. Zum Glück sind die Nachbarn zu Hause, dachte er noch einmal. Als er ins Haus gehen wollte, stieß er gegen einen Draht, der vor der Tür gespannt war. Wer macht denn so etwas? Was soll das Ganze? Erst der Wagen verschmiert, dann der Zettel, jetzt der Draht. Eine Anhäufung von Zufällen? Kann das sein? Er schloss die Tür auf und spürte ein leichtes Zittern in seinen Beinen. Er tat einen Schritt nach vorn, drückte die Tür vorsichtig weiter auf. Es roch nach Gebratenem und abgestandenem, kaltem Rauch.

Am liebsten würde er zu den Nachbarn gehen und sie fragen, ob sie ihn in sein Haus begleiten könnten, doch dessen schämte er sich. Wie sieht das aus? Ein Mann, der an die Hand genommen werden muss, damit er sein Haus betreten kann. Er könnte ihnen alles erzählen, von dem Einbruch kürzlich, den Merkwürdigkeiten dieses Abends. Vielleicht würden sie ihn auslachen, überlegte er. Nein, er wollte nicht, dass man über ihn lacht. Ich bin ein Mann und gehe jetzt ins Haus! Und ich habe keine Angst! Dann betrat er den Flur und schaltete das Licht ein. Alles war ruhig. Auch kein

Durchzug, keine geöffneten Fenster, nur der Geruch nach Fleisch und Zigaretten.

Und doch, da war noch etwas, was da nicht hingehörte, da lag ein unbekannter Geruch in der Luft. Er konnte ihn nicht zuordnen. Aber dann, plötzlich gewahrte er ein Geräusch. Es kam von hinten. Es waren Schritte. Er drehte sich um, doch es war zu spät. Er konnte nicht ausweichen, nicht mehr fliehen, als ihn jemand umklammerte und ihm ein durchtränktes Tuch ins Gesicht drückte.

Die beginnende Bewusstlosigkeit, aus der er nicht mehr erwachen würde, ließ ihn zu Boden sinken.

Die Nachbarn fanden ihn am nächsten Morgen. Sie wunderten sich, dass die Tür offen stand. Sie betraten das Haus, liefen durch den Flur, nur der Geruch nach Fleisch, Zigaretten und kaltem Blut.

Er lag auf dem Boden, die Pulsadern geöffnet, daneben ein Zettel mit den Worten:

Ich ertrage mich selbst nicht mehr.

FÜNFZEHN

ER, der sich den Namen Chronos gegeben hatte, nahm sein Prepaid-Handy und tippte die ihm vertraute Nummer, immer aus dem Gedächtnis heraus und löschte sie nach jedem Gespräch sofort aus der Protokoll-Liste.
Es durfte keine Spuren geben. Niemals.

„Hallo?"

„When shall we three meet again? In thunder, lightning or in rain?"

"When the hurlyburly's done. When the battle's lost and won", gab Pan zur Antwort.

"Es ist vollbracht. Ein Tyrann weniger."

„War es schwer, Chronos?"

„Nein, war es nicht. Die Frage ist nur, wie wir damit leben können."

„Ja. Wir sollten uns treffen. Kannst du am Wochenende?"

„Ja, Pan. Da kann ich. Wie kommst du eigentlich damit zurecht, den Pastor ins Jenseits befördert zu haben?"

„Nicht gut. Ich träume jede Nacht davon."

„Wir dürfen uns nichts anmerken lassen. Ich glaube kaum, dass irgendjemand auf die Idee kommt, dass wir das waren. Bei dir würde sowieso niemand auf die Idee kommen. Du bist immer so freundlich und ruhig, wirkst immer ausgeglichen."

„Das kann gut sein. Die Ruhigen werden schnell schon mal falsch eingeschätzt."

„Ich rufe nachher Selene an und sag ihr Bescheid, dass wir uns am Wochenende treffen wollen. Ich kenne da einen schönen Ort, ein nettes Hotel mit Wellness-Bereich direkt an einem See im Wald."

„Sehr gute Idee. Das machen wir."

Das Hotel lag tief im Wald, der sich endlos streckte. Fünf Kilometer fuhren sie über eine unbefestigte Straße durch den immer dichter werdenden Wald und sie dachten jeden einzelnen Meter, sie hätten sich verfahren. Niemals würde dies der Weg zu einem Hotel sein. Doch dann tauchten zur linken Seite eine Einfahrt, ein Parkplatz und ein kleines Hotel auf fernab der Zivilisation. Nur wenige Autos befanden sich vor dem Eingang. Ein dunkelblauer BMW mit verkrustetem Matsch an den Reifen und Lehmsprenkeln an den Radkästen. Ein perlmuttweißer Mercedes, rote Kratzspuren an der Fahrerseite. Ein roter VW-Käfer, auf dessen Beifahrersitz ein Gitarrenkasten mit dem Sicherheitsgurt befestigt war.

Hierhin verirrten sich nur Gäste, die, jeder für sich, aus irgendeinem bedeutsamen Grund in Ruhe gelassen werden wollten.

Eine Kombination aus Wellness-Hotel und Versteck. Danach sehnten sie sich und sie fühlten sich wie Flüchtlinge. Von nun an würden sie immer auf der Flucht sein.

Sie flohen vor sich selbst.

In den Radionachrichten wurde von einem weiteren Mord in Oberhausen berichtet, der als Suizid getarnt worden war. Ein fünfzigjähriger Mann war von einem Nachbarn in seinem Haus tot aufgefunden worden.

sechzehn

Robert Stolz schlief noch, als seine Frau Vivian das Telefonat entgegen nahm und sich setzen musste. Es war fast noch dunkel. Der Morgen versuchte, die Nacht zu vertreiben. Und es war kalt. An den Scheiben schlug sich Feuchtigkeit nieder.

Frau Tanner, Roberts junge Kollegin überbrachte die Nachricht vom Tod des Vorgesetzten. Teamleiter Stein sei ermordet worden. Die Polizei sei im Betrieb gewesen und habe berichtet, dass ein Nachbar ihn tot aufgefunden habe. Es gebe wohl noch einige Ungereimtheiten. Sie wisse aber nicht, welche. Das hätten die Polizisten nicht verraten. Sie selbst und auch ihre Kollegen seien alle befragt worden. Ob denn jemand von den Kollegen fehle? Da habe man mitgeteilt, dass Herr Stolz fehle. Er sei eben schon länger krank geschrieben. Es könne durchaus sein, dass sie vorbei kommen, um auch ihn zu befragen.

„Es wird Ihren Mann vielleicht erfreuen, ich meine, erleichtern. Ich will sagen, Ihr Mann wird vielleicht erleichtert sein zu hören, dass er jetzt nicht mehr von Herrn Stein terrorisiert werden kann. Das klingt vielleicht ein bisschen hart. Aber wir haben alle unter ihm gelitten."

„Ich weiß. Alle haben gelitten und jeder fühlte sich hilflos. Danke nochmals für Ihren Anruf. Ich werde es meinem Mann ausrichten."

Mit langsamen Bewegungen stellte sie das Telefon in die Station. Ihre Gedanken überschlugen sich und raubten ihr Kraft. Ihre Bewegungen verlangsamten sich, wurden zähflüssig. Sie ging in die Küche. Ihr war plötzlich sehr kalt. Sie füllte Wasser in die Nespresso-Maschine und sah dabei zu, wie der heiße braune Strahl dampfend in die Tasse plätscherte.

Robert war kürzlich abends nochmal weg, ging es ihr durch den Kopf, Pommes holen, aber es waren zwei Stunden. Sie konnte den Gedanken nicht los werden. Wo war er nur so lange?

Sie nahm den Kaffee, schob einen Stuhl vors Küchenfenster und schaute hinaus. Kurz stand sie noch einmal auf, um das Licht zu löschen.

Alles wird gut, hatte er gesagt, hab keine Angst! Doch sie hatte Angst, nur auf eine andere Art als vorher, bevor Herr Stein ums Leben kam.

Vielleicht sollten sie wegziehen, in einer anderen Stadt ein neues Leben beginnen. Das wäre aber verdächtig, zumindest jetzt am Anfang.

Sie nahm einen Schluck von dem heißen Kaffee. Ihr war immer noch kalt. Aber der Kaffee tat gut. Auf dem Bürgersteig rannten Schulkinder. Ihre Tornister hüpften auf dem Rücken. Tonnen haben wir früher zu den Schulranzen gesagt. Sie sind größer als das ganze Kind. So sieht es jedenfalls aus. Sie müssen aufpassen, dass sie nicht hinfallen, so schnell rennen sie mit dem schweren Gewicht auf dem Rücken. Wenn sie Glück haben, kriegen sie den Bus noch. It´s always the same. Sie müssen rennen, weil sie zu Hause trödeln. Wir sind auch gerannt.

Vivian atmete gegen die Scheibe, die sofort beschlug und malte mit dem Zeigefinger Kreise ans Fenster.

Olympische Ringe. Wieso male ich Olympische Ringe? Ich fühle mich alles andere als fit. Ist es, weil ich den Gegensatz assoziiere?

Mein Gott, ich will wissen, ob er ihn umgebracht hat. Er schläft noch. Robert schläft noch, dank Opipramol. Vielleicht sollte ich auch eine Tablette nehmen und mich neben ihn legen?

Bitte, lieber Gott, lass ihn nichts damit zu tun haben!

Ich sollte seinen Therapeuten anrufen. Und dann?

Sie lehnte ihre Stirn an die kühle Fensterscheibe und schloss die Augen.

Tränen tropften durch ihre geschlossenen Lider.

SIEBZEHN

Sie saß am Schreibtisch in ihrer Praxis, als sie hörte, wie ihr Kollege Hugott auf den Anrufbeantworter sprach. Sofort nahm Nicole Engel das Telefon ab.

„Hallo, Nicole, ich bin`s. Ich wollte mich mal melden. Ist schon wieder so lange her."

„Hallo Hugo."

„Wie, Hugo. Heiße ich jetzt Hugo?"

Er lachte.

„Ach, ich wollte mir einen Scherz erlauben. Ich kann natürlich auch Heinrich zu dir sagen oder Hugott. Wie du willst. Die meisten nennen dich ja Hugott."

„Ich bin wohl ein Mann der vielen Namen. Wenn du willst, darfst du mich Hugo nennen. Du bist dann die einzige, die mich so nennt."

„Du bist eben eine schillernde Persönlichkeit."

Sie konnte sich gut vorstellen, wie er jetzt schmunzelte.

„Sag mal, Nicole, hast du heute Abend schon etwas vor?"

„Warum? Bisher nicht."

„Ich hätte Lust, essen zu gehen und dachte, du würdest vielleicht mitkommen."

„Wo willst du denn hin?"

„Was hältst du vom Franziskaner im Centro?"

„Von mir aus. Gern. Können wir machen."

„Um 18.00 Uhr?"

„Okay. Ich freue mich."

„Ich mich auch. Dann bis gleich."

Kaum hatte sie das Gespräch beendet, klingelte es auch schon wieder an der Tür.

Amadeus.

Sein Gang war heute beschwingter, etwas schneller als sonst, seine Gesichtszüge entspannter. Aufrecht und mit offenem Blick schaute er sie an, gab ihr die Hand, ein Lächeln huschte über seine Lippen.

Sie bat ihn ins Therapiezimmer.

„Mir geht es besser. Sie haben letztes Mal diesen Satz gesagt, dass ich nicht gescheitert bin, sondern nur eine *lange Pause* eingelegt habe."

„Ja, das habe ich."

Seine Augen röteten sich.

„Ich weiß nicht, wie? Aber dieser Satz hatte eine unerhörte Wirkung auf mich. Er hat etwas verändert."

„Können Sie es näher beschreiben?"

Er zog ein Taschentuch aus seiner Hosentasche und weinte hinein.

Sie wartete.

„Frau Engel, ich bin nicht traurig, nur gerührt oder glücklich. Es ist alles auf einmal. Ich war bei meinen Eltern und habe mich zum ersten Mal nach Jahren wieder ans Klavier gesetzt. Was ich dabei empfand, kann ich kaum beschreiben. Meine Finger spielten, als hätten sie nie etwas anderes getan. Sie spielten, als hätten sie ein eigenes Gedächtnis, eine ganze Stunde lang und ich weinte und weinte und weinte und war glücklich, als sei eine zentnerschwere Last von mir gefallen, als habe sich ein großes schweres Tor geöffnet, durch das ich endlich hindurch gehen konnte."

„Sie haben es geschafft, das Tor zu öffnen."

„Nicht ich alleine. Sie haben mir dabei geholfen."

Sie nickte still.

„Als ich mich vom Klavier erhob, sah ich meine Eltern hinter mir, wie sie auf der Treppe saßen, ganz ruhig nebeneinander, leise weinend. Sie standen auf und nahmen mich in den Arm, nur ein zartes Flüstern meiner Mutter *endlich können wir dich wieder hören*.“

„Ich freue mich sehr für Sie.“

„Danke. Es ist, als wenn ich aus einem tiefen und dunklen Schlaf erwache, als wenn ein langer kalter Winter seine Umklammerung von mir löst. Es erinnert mich an Goethes Faust. Ich zitiere kurz:

Vom Eise befreit sind Strom und Bäche
Durch des Frühlings holden, belebenden Blick;
Im Tale grünet Hoffnungs-Glück;
Der alte Winter, in seiner Schwäche,
Zog sich in rauhe Berge zurück.

Kennen Sie diese Zeilen?“

„Ja. Gewiss.“

„Genau so fühlt es sich an. Als wenn in mir der Frühling erwacht. Und das ist vollkommen unabhängig von der tatsächlichen Jahreszeit. Es ist Frühling. Ich spiele wieder Klavier und ich werde das Musikstudium wieder aufnehmen.“

Er schaute sie an. Schweigender Augenblick. Seelische Berührung. Wortlose Verständigung. Dieser Moment würde immer in Erinnerung bleiben.

Wie aus der Ferne hörte sie jemanden durch den Hausflur gehen, die Treppenstufen knarrten. Die schwere Haustür fiel ins Schloss.

Amadeus hatte es auch gehört. Er setzte sich vor, stützte die Ellbogen auf seine Knie. Cool Water. Seine Bewegung trug den Duft des Parfums zu ihr. Er pflegte sich wieder.

„Frau Engel, danke für alles."

„Gern. Dafür bin ich doch da."

„Ich wollte Sie noch etwas fragen, wenn noch Zeit ist."

Sie nickte.

„Hat man eigentlich mittlerweile den Mörder gefunden, der Pastor Enze getötet hat?"

„Nein. Soweit ich weiß, hat man ihn noch nicht. Wie ist das eigentlich für Sie, dass er tot ist?"

„Schwer zu sagen. Auf der einen Seite traurig, auf der anderen Seite befreiend. Ich muss mich jetzt nicht mehr mit der Frage beschäftigen, wie ich reagieren soll, wenn ich ihm begegnen würde. Ich kann das Buch jetzt schließen."

„Das Buch schließen, das haben Sie wunderbar ausgedrückt. Für jeden Menschen kann es etwas anderes sein, das man braucht, um ein Buch zu schließen und ein neues zu öffnen."

Als er an diesem Abend die Praxis verließ, stand sie an ihrem Fenster und schaute ihm nach, wie er die Straße hinunter ging. Plötzlich blieb er stehen, drehte sich noch einmal um und schaute zurück, verweilte einen Moment, bevor er weiterlief. Er rückte seine Baskenmütze zurecht, steckte seine Hände in die Manteltaschen und dann war er nur noch eine dunkle Silhouette, die sich in der Dunkelheit verlor.

Hugott winkte ihr zu, als Nicole die Tür zum Franziskaner herein kam. Mitten in der Woche, am frühen Abend waren nur einzelne Tische besetzt.

Er kam ihr entgegen, umarmte sie kurz. Dann nahmen sie beide nebeneinander auf der Bank Platz mit Blick auf den Kamin.

„Schön, dass das so spontan geklappt hat."

„Ja, finde ich auch", entgegnete sie.

„Möchtest du etwas essen? Also ich bestelle heute in der Tat einfach einen Salat."

„Ach, das ist aber jetzt neu? Wie kommt's, lieber Hugo?"

„Muss ein bisschen abnehmen. Die Hosen werden zu eng."

„Das sind sie bestimmt schon länger." Sie zwinkerte ihm zu.

„Hugo, du möchtest mich also Hugo nennen. Von mir aus. Für dich bin ich alles, was du willst."

„Gewagt gesagt."

Sie bestellten beide einen gemischten Salat mit Hausdressing. Die nachfolgenden Momente verliefen schweigend. Nicole heftete ihren Blick auf den Kamin, schaute den züngelnden Flammen zu. Er beobachtete sie. Irgendetwas war anders. Versunken, ja, seit Wochen schon wirkte sie in sich selbst versunken, als gäbe es da etwas, das sie belastete, über das sie aber nicht sprechen konnte.

„Nicole?"

„Ja?"

„Einen anstrengenden Tag gehabt?"

„Entschuldige."

„Du wirkst, als wenn du Urlaub gebrauchen könntest."

„Ich hatte erst ein schönes langes Wochenende in einem netten Hotel irgendwo im Nirgendwo."

„Alleine?"

„Justin und Matthias waren mit."

„Hättet ihr Bescheid gesagt, wäre ich mitgekommen."

„Ich merke es mir fürs nächste Mal."

Der Kellner brachte die Salate und ofenfrisches Brot. Es duftete und es fühlte sich angenehm warm an in der Hand.

„Und, war es gut?"

„Ja. Es war genau das Richtige. In einem dämmrigen Dampfbad sitzen, die feuchte, nach Kräutern riechende Luft atmen, die Augen schließen und an nichts, aber auch gar nichts mehr denken."

Natürlich fiel Hugott sofort die Formulierung auf: *An nichts mehr denken.*

„Und, Nicole, hast du dann an nichts mehr denken können?"

„Du willst es aber genau wissen."

„Immer! Du kennst mich doch."

Sie schaute zum Nachbartisch. Es war nur eine Frage der Zeit, wann die beiden vom Nebentisch das Lokal verlassen würden, der adrett gekleidete Mann und die zu viel parfümierte, aufgetakelte Frau mit dem blondierten Haar und dem fehlgeschlagenen Versuch, mit Make-up die Falten auszufüllen, als handele es sich um Spachtelmasse auf einer kaputten Wand. Auf dem Weg zum Parkhaus würden sie die Frage stellen *gehen wir zu dir oder zu mir?*

„Nein, es ist mir nicht sehr gut gelungen, an nichts mehr zu denken. Geht das überhaupt? Ich hätte gern ein Pils. Du auch?"

Hugott nickte und rief den Kellner.

„Normalerweise trinkst du doch gar nicht, wenn du mit dem Auto unterwegs bist. Was ist los mit dir? Ich habe letztens schon gedacht, du wirkst irgendwie bedrückt."

„*Normalerweise* ist vorbei", flüsterte sie.

Er legte seine warme Hand auf ihren Arm.

„Ich hab´s gehört, auch wenn du flüsterst."

„Ach, Hugo…..."

„Ja?"

„Nichts. Sieh dir mal die beiden am Nebentisch an. Wetten, sie landen heute noch im Bett?"

„Gut möglich, so wie sie sich anschauen. Sie verschlingen sich ja mit den Augen. Hormonblick. Mal ein anderes Thema, liebe Nicole. Hast du eigentlich auch davon gehört, dass schon wieder jemand ermordet wurde?"

„Ja, im Radio. Aber das hat sich auch schnell im Kollegenkreis herumgesprochen. Es ist der Vorgesetzte eines Patienten von Justin."

„Aha. Schon der zweite Mord. Der erste wurde an Pastor Enze begangen, der mit deinem Patienten, dem Musiker, zu tun hatte."

Nachdenklich drehte Hugott einen seiner Ringe, während er Nicoles Mimik studierte.

„Ja, was für ein Zufall. Hast du vielleicht eine Zigarette für mich? Heute würde ich tatsächlich eine rauchen."

„Du kannst doch hier drinnen nicht rauchen. Aber ich habe auch keine."

„Ich hätte ja vor der Tür geraucht."

„So wie all die anderen armen, frierenden Gestalten, die sich vor dem Haus zusammenpferchen?"

„Wie geht es dir eigentlich? Kommen wir doch auf dich zu sprechen. Hast du schon ein paar Kilo abgenommen?"

„Ach, frag lieber nicht. Mir geht es ganz gut. Ich freue mich auf Weihnachten. Wir werden ein paar Tage verreisen. Meine Tochter freut sich auch schon sehr. Sie fährt so gerne Ski. Was machst du Weihnachten?"

„Weiß ich noch gar nicht. Manchmal denke ich, es wäre schön, wenn ich endlich einen Partner hätte. Meine Freundinnen haben alle keine Zeit, sind verheiratet und haben Familie. Und selbst wenn mich eine von Ihnen einlädt, weiß ich nicht, ob ich hingehen würde. Ich glaube, ich komme mir dann vor wie das fünfte Rad am Wagen."

„Schon mal Parship versucht?"

„Bisher nicht. Die zwei am Nebentisch kommen mir so vor, als hätten sie sich tatsächlich im Internet kennen gelernt."

„Wäre das schlimm?"

„Nein. Ach, schau. Jetzt gehen sie. Schade, dass wir unsere Hypothesen nicht überprüfen können. Ich wüsste zu gerne, ob meine Überlegungen zutreffen."

„*Normalerweise ist vorbei*, sagtest du eben. Was meinst du eigentlich damit, Nicole?"

„Ach, nichts. Habe ich nur so gesagt."

„Nur so. *Nur so* sagt man vielleicht unbedeutende Wörter und Sätze. Aber dieser Satz von dir, nein, da hört man zwischen den Buchstaben das Unerhörte, das sich eigentlich äußern will, sich aber nicht wirklich hervortraut."

„Du lässt nicht locker! Nun, Normalität beziehungsweise unsere normalen Alltagsroutinen, eben das *Normalerweise* kann halt auch mal vorbei sein durch irgendetwas, das passiert ist. Man verändert sich nun mal. Es gibt Dinge, die man irgendwann ganz anders macht als früher, weil man über etwas nachgedacht hat und ganz gezielt eine Wende herbeiführen wollte. Aber es gibt auch Dinge, die einen selbst einfach so verwandeln, ohne dass man zuvor vertieft nachgedacht hätte. Man wird einfach verändert durch etwas, das man erlebt oder getan hat. Verstehst du, wie ich das meine?"

Hugott schwieg.

„Und darum trinkst du jetzt Bier, obwohl du es sonst nicht getan hättest, so mitten in der Woche, obwohl du mit dem Auto unterwegs?"

„Nur so."

Sie konnte ihm beim Denken zusehen, die Schnelligkeit seiner Augen, die sich flink hin und her bewegten, als sammelten sie in seinem Gedächtnis sämtliche Informationen zusammen, die ihm eine Erklärung geben könnten. Sie konnte sehen, wie seine Augen plötzlich Ruhe fanden, er seinen Kopf hob und seinen Blick auf sie richtete.

„Wir kennen uns jetzt schon mehrere Jahre und du weißt, dass ich dich sehr mag und du mir vertrauen kannst."

„Ja, Hugo."

In ihren Augen spiegelten sich Angst und jene Art von Schwermut, die Menschen eigen ist, die sich schuldig fühlen.

„Werde doch mal ein bisschen deutlicher. Was du eben gesagt hast, nun, darunter kann ich mir alles Mögliche vorstellen."

„Du wirst mich verachten und nicht nur mich."

„Das werde ich nicht, ganz gleich, was du getan hast oder was ihr getan habt."

Appetitlos stocherte sie im Salat. Leise sprach sie weiter.

„Pastor Enze hat so großen Schaden angerichtet und das sicherlich nicht nur bei Amadeus. Ich möchte nicht wissen, wie viele Lebensläufe er zerstört hat. Und Manfred Stein, der Vorgesetzte von Herrn Stolz, hat ebenfalls unermesslichen Schaden angerichtet. Es ist wohl Zeitgeist geworden, seine Angestellten auszubeuten, immer mehr Überstunden zu verlangen, ohne Rücksicht auf Gesundheit oder Familie und die Angestellten abfällig zu behandeln, als wären sie Leibeigene, wohl wissend, dass sie nicht so leicht kündigen können, weil der Arbeitsmarkt eben beschissen ist.

Das schreit zum Himmel! Es ist unerhört! Hier geht es um seelischen und sozialen Mord."

„Was willst du mir sagen?"

„Es gibt halt Menschen, die über Leichen gehen, die großes Leid verursachen und denen es völlig egal ist, wie der andere weiterlebt. Wenn sie einen ruiniert haben, suchen sie sich das nächste Opfer. Und meistens werden sie nicht zur Rechenschaft gezogen. Herr Stolz zum Beispiel kann zu seinem alten Arbeitsplatz nicht zurück. Aber wo soll er denn so schnell eine neue Stelle finden in der heutigen Zeit und in seinem Alter?"

„Das ist schwierig."

„Genau. Er hat aber eine Frau und zwei Töchter zu versorgen und zahlt sein Haus ab."

Hugott schaute hinüber zum Feuer. Tanzende Flammen beschworen bildhafte Erinnerungen herauf, ein alter Film, ekstatische Rhythmen, die wachsende Hitze in dem Raum, diesem Lokal, in dem das Gemurmel der anderen Gäste unerträglich wurde, das anschwoll und abflaute wie das Flackern eines ungezähmten Feuers.

Fast alle Tische waren nun besetzt. Er sehnte sich danach, hinaus zu gehen, hinaus in die Kälte, die ruhige Dunkelheit, mit Nicole allein zu sein und ihr und zwar nur ihr zuzuhören, ohne all das belanglose, störende Gemurmel und Gelächter um sie herum.

Dann sprach sie weiter, noch leiser als vorher. Hugott konnte sie kaum noch verstehen. Er rückte ganz nah an sie heran, stützte seine Stirn mit einer Hand, den Kopf gesenkt, die Augen geschlossen und lauschte. Fast konnte er ihr Flüstern spüren, an seinem Ohr, dicht an ihren Lippen.

„Unsere Aufgabe ist es zu helfen. Es ist auf Dauer schwer auszuhalten, dabei zusehen zu müssen, wie ein Patient von anderen zugrunde gerichtet wird und er es einfach nicht mehr von alleine schafft, einen Ausweg zu finden. Es ist unerträglich, auf Dauer immer nur Zuschauer zu sein. Wenn man den Dorn aus dem Fuß eines Menschen entfernt, kann er wieder laufen. Also kann man doch gleich den Dorn entfernen, oder nicht? Matthias und Justin empfinden ebenso."

Hugott wischte Schweiß von seiner Stirn. Er war sich nicht sicher, ob er noch mehr hören wollte. Hätte er doch lieber nicht weiter nachgefragt. Jetzt verfluchte er seine feine Wahrnehmung, seine Fähigkeit, nicht nur das Offensichtliche zu hören, sondern auch das, was zwischen den Zeilen schwebt, ungesagt und unerhört. Manchmal ist es vielleicht besser, nicht weiter nachzufragen.

Nicole kaute auf der Unterlippe.

„Wir wollten das Leiden beenden."

„Nicole, du musst nicht weitersprechen. Noch hast du nichts gesagt. Wir können einfach das Thema wechseln oder auch gleich das Lokal."

„Ach, Hugo! Mir ist mein Herz so schwer! Ich weiß nicht weiter. Wir wollten, dass die Täter, die so viel Leid hervorrufen, dazu nie wieder eine Gelegenheit haben, also NIE wieder."

„Das ist euch wohl gelungen. Aber Mord? Das Problem ist, ihr seid jetzt selbst Täter."

„Herr Stolz kann aber wieder an seinen Arbeitsplatz und die gesamte Familie muss nicht leiden."

„Wollt ihr das jetzt immer so machen, einfach Leute ausradieren?"

„Nein", sagte sie tonlos, „ich kann nicht mehr schlafen. Jede Nacht habe ich Albträume und bin nass geschwitzt.

Alles fällt mir schwer und es wird jeden Tag schlimmer. Wirst du jetzt zur Polizei gehen?"

„Ich weiß, ich sollte. Wäre ich doch nicht so neugierig gewesen! Scheiße!"

„Amadeus nimmt sein Musikstudium wieder auf und Herr Stolz und auch die anderen in seiner Abteilung können wieder in Ruhe arbeiten."

„Das nennt man Argumente. Doch ich glaube, dafür hat kein Gericht Verständnis."

„Ich weiß."

„Wir sollten die Lokalität wechseln. Hier ist nicht der richtige Ort, um über so etwas zu sprechen. Lass uns zahlen und gehen."

Es war bitterkalt. Der Wind biss ins Gesicht. Einzelne Schneeflocken tänzelten in aller Ruhe herab.

„Als Kinder streckten wir die Zunge heraus, um die Flocken zu spüren."

Hugott nickte.

„Ja, das habe ich auch getan, wie wahrscheinlich viele Kinder. So ein unschuldiges Spiel."

Er legte seinen Arm um ihre Hüfte. Seine Nähe tat gut, sein Arm um sie herum gab ihr wenigstens für einen überschaubaren Zeitraum das Gefühl von Geborgenheit, von angenehmer Begrenzung und sicherem Halt.

Innerlich stürzte sie in einen tiefen Abgrund, ein haltloses Dahintreiben, als verliere sie sich im endlosen Weltall. Leise sang sie vor sich hin:

„Can you hear me, can you hear me running. Can you hear me running, can you hear me calling you?"

"Silent Running. Das ist aus diesem Lied, nicht wahr?"

„Ja", brachte sie nur noch mit erstickter Stimme hervor. Dann brach sie in Tränen aus.

Hugott an ihrer Seite zu spüren, seinen Arm, der sie immer noch hielt, der sie festhielt, ließ sie hoffen, dass er sie nicht fallen lassen würde.

„Wer von euch hat die Morde ausgeführt? Hab keine Angst. Ich werde schweigen. Auch ich bin dann schuldig, nur auf eine andere Art und Weise."

„Zu niemandem ein Wort?"

„Versprochen. Wer von euch hat es getan?"

„Chronos, äh, ich meine, Justin, hat sich Herrn Stein vorgenommen, den Vorgesetzten von Herrn Stolz und Matthias hat sich den Pastor zur Brust genommen."

„Nicole, du musst mir versprechen, dass ihr damit aufhört. War die Polizei eigentlich schon bei euch?"

„Nein. Ich fühle mich so erbärmlich."

Sie schmiegte sich noch mehr an ihn, an seinen kräftigen Körper.

Aus dem Louisiana, am Ende der Promenade, stolperte ein Betrunkener heraus, in seiner Hand das Smartphone, mit dem er Musik hörte, irgendein Gegröle, Schreie, Veitstanzrhythmen.

Hugott und Nicole liefen einen Bogen nach rechts und schlenderten auf der anderen Seite der Promenade entlang, vorbei an dem großen asiatischen Restaurant in Richtung Brauhaus.

„Kannst du heute Nacht bei mir bleiben? Ich weiß, dass ich dich das gar nicht fragen darf. Wie sollst du das auch deiner Frau erklären…"

„Würde es dir dann besser gehen?"

„Ein bisschen."

„Ich denke, wenn ich meiner Frau sage, dass es dir nicht gut geht, dann wird sie nichts dagegen haben. Natürlich sage ich ihr nicht den wahren Grund."

„Danke."

„Für dich immer."

„Und sie hat nichts dagegen?"

„Nein. Außerdem übernachte ich nicht bei jeder Frau. Ehrlich gesagt, übernachte ich sonst bei gar keiner anderen Frau."

Ihre Wohnung war klein und gemütlich. Herrnhuter Sterne hingen an den Fenstern, gelbe, rote und rot-gelbe. Sie tauchten die Zimmer in ein sanftes Licht. Nicole mochte es nicht, eine dunkle Wohnung zu betreten.

Sie hängten ihre Mäntel an die Garderobe, ließen die Schuhe im Flur stehen und setzten sich ins Wohnzimmer auf eine riesige Couch, auf der normales Sitzen offensichtlich nicht vorgesehen war, eher Herumlümmeln und Liegen. Lehnte man sich an, berührten die Füße den Boden nicht mehr. Also saß man eher wie in einem Bett, wenn man sich aufgerichtet hatte, mit dem Rücken an der Wand.

„Hast du Lust auf einen heißen Kakao?"

„Ja, gern. Ist bestimmt gut für meine Figur."

Er zwinkerte ihr zu.

„Ich gehe dann mal kurz in die Küche. Nicht weglaufen!"

Hugott lächelte.

Er schaute sich um. An der Wand gegenüber der Couch befanden sich Bücherregale, davor im rechten Winkel ein Schreibtisch, Kirschholz, wunderschön, mit einem Aufbau, darin kleine Schubladen. Er stellte sich vor, wie sie dort sitzen würde, tagsüber mit Blick aus dem Fenster, wahrscheinlich in einen Garten. Neben dem Fenster eine Balkontür. Es reizte ihn, sie zu öffnen. Kalte, klare Luft strömte herein. Er trat hinaus, stellte sich ans Geländer und schaute über die Stadt mit ihren funkelnden Lichtern. In seiner Hosentasche spürte er, wie sein Handy vibrierte. Vielleicht seine Frau oder Vera, dachte er.

Nicole kam auf den Balkon und stellte sich zu ihm, reichte ihm den Kakao. Schweigend standen sie nebeneinander, tranken langsam, schluckweise. Unverhoffte Nähe. Er hatte nicht damit gerechnet, dass der Abend so verlaufen würde. Manchmal hatte er sich gewünscht, mit ihr alleine zu sein, mit ihr vertraute Gespräche zu führen, Geheimnisse zu teilen. Dass es ein solch schwerwiegendes Geheimnis werden würde, darauf wäre er nicht gekommen. Er konnte nicht einschätzen, wie es sich auf ihn und die Beziehung zu ihr auswirken würde. Hierfür hatte er keinen Plan, keine Strategie. So etwas gab es nicht in seinem Leben. Seine Geheimnisse waren anderer Natur. Vera war eins davon.

Wie sollte er den Kollegen Matthias und Justin begegnen? So tun, als wisse er nichts?

„Nicole?"

„Ja?"

„Ach, nichts. Lass uns reingehen. Mir wird kalt."

Sie setzten sich wieder aufs Sofa, nebeneinander, die Beine ausgestreckt, mit einer Wolldecke zugedeckt.

Er zog das Handy aus der Tasche. Auf dem Display sah er eine Nachricht seiner Frau. Er rief sie kurz an, um ihr mitzuteilen, dass er über Nacht bei seiner Kollegin bleiben würde. Der Anruf verlief wie erwartet problemlos.

Nicole kaute an ihren Fingernägeln. Er legte seine Hand um ihre und schob sie sanft von ihrem Mund.

„Du musst mich doch jetzt verachten, nach allem, was ich dir gebeichtet habe, oder?"

Er gehörte zu den wenigen Menschen, mit denen es möglich war, über alles zu sprechen. Aber ob Beihilfe zum Mord auch dazu gehörte?

„Nein, ich verachte dich nicht. Ich bin verwirrt, durcheinander. Ich bin entsetzt, ehrlich gesagt. Das wärst du wahrscheinlich auch."

„Ja, das wäre ich. Ich wünschte, ich könnte einfach mal für einen Monat verschwinden, irgendwohin."

„Auf jeden Fall solltet ihr damit aufhören."

„Ja", sagte sie kaum hörbar.

Sein Handy vibrierte auf dem Sofa. Er ignorierte es.

„Du kannst ruhig nachschauen, wer dir schreibt."

„Jetzt nicht. Es passt gerade nicht."

„Kannst du einen Menschen wie mich wirklich noch mögen?"

Er legte seinen Arm um ihre Schultern.

„Ja. Daran wird sich auch nichts ändern. Ich glaube, jeder Mensch lädt im Laufe seines Lebens mindestens einmal Schuld auf sich. Vielleicht ist das auch gut so, damit wir nicht überheblich werden und denken, dass wir besser sind als andere. Die Schuld ist nur nicht immer gleich schwer."

„Ich mag dich auch, Hugo. Du hast so 'was. Kann ich schlecht beschreiben. Du hast etwas ganz Besonderes an dir."

Er nickte nur leicht und streichelte sanft über ihre Wange.

„Weißt du, auch ich habe schon mal Dinge getan, die mir schlaflose Nächte bereitet haben, dieser Kampf zwischen dem Wunsch und dem Gewissen. Ein guter Freund, der fünfundsechzig Jahre alt ist, alleinlebend, erzählte mir kürzlich, was ihm passiert ist. Durch Zufall hatte er eine viel jüngere Frau kennen gelernt, die vom Alter her seine Tochter sein könnte. Sie begegneten sich beim Einkaufen und ein paar Tage später in einem Cafè. Sie tauschten ihre Handynummern und die Geschichte nahm ihren Lauf. Er sagte zu mir ungefähr Folgendes:

Wenn man in so einem Alter wie meinem noch einmal solch eine Verliebtheit fühlen darf, diesen Zauber, dieses innere Erwachen, da fragt man nicht mehr, ob man das darf. Da bin ich dankbar, dass es mich überhaupt noch einmal ereilt, ja überwältigt.

Und trotzdem, in kurzen Momenten, die sich quälend ins Bewusstsein drängen, wird es verkompliziert durch ein schlechtes Gewissen, weil dieser Zauber von einer so viel jüngeren Frau ausgeht, der ich keine Zukunft schenken kann. Alles, was ich ihr geben kann, ist die Gegenwart.

Manchmal möchte ich mich gegen meine Gefühle wehren, einfach nicht mehr fühlen, die Verliebtheit auslöschen. Doch dies nicht mehr zu fühlen, käme einer inneren Beerdigung gleich.

„Und was hat die Geschichte deines Freundes mit dir zu tun? Ich verstehe den Zusammenhang nicht."

„Bei mir ist der Fall noch etwas komplizierter. Ich habe eine glückliche Beziehung zu meiner Frau. Wirklich. Und doch habe ich Kontakt zu einer anderen Frau."

„Du triffst dich mit einer anderen?"

„Nein. Wir schreiben uns nur. Die Realität würde alles zerstören. Diese Geschichte ist nur in der Virtualität lebendig. Doch ich sehne mich danach, sie zu sehen und auch zu spüren. Es ist jedoch gänzlich unmöglich."

„Gänzlich?"

„Ja."

„Weil sie dich nicht sehen will?"

„Das ist es nicht."

„Hm, klingt schwierig. Sag mal, hast du Lust auf einen Whisky?"

„Du hast Whisky im Haus? Hätte ich nicht gedacht."

„Wieso?"

„Ich hätte eher gedacht, du hast so etwas wie Baileys im Haus."

„Habe ich auch. Zusätzlich."

In der Küche, in der gerade mal so viel Platz war, dass man aneinander vorbeigehen konnte, ohne sich zu berühren, knieten sie sich vor den Schrank, der alles enthalten musste, was man in einer Küche brauchte und dessen Ausmaße ruhig etwas geringer hätten ausfallen dürfen, denn er vermittelte den Eindruck, die gesamte Küche einzunehmen.

„Ich hätte da einen Glenmorangie und einen Glenlivet. Welchen willst du?"

„Glenmorangie."

„Nimmst du Eis rein?"

„Sehe ich so aus, als würde ich ein wertvolles Getränk verdünnen?", lachte Hugott, nahm die Flasche und ging hinüber ins Wohnzimmer.

Sie folgte ihm mit den Gläsern in den Händen. Er goss großzügig ein, während sie Musik aussuchte. Sie entschied sich für Einaudi, ruhige Klaviermusik.

Er saß bereits auf dem Sofa und roch an seinem Glas. Wieder hörte sie sein Handy vibrieren. Kurz schaute er aufs Display, eine Nachricht über WhatsApp.

„Musst du ran gehen?"

„Nein. Die Antwort kann warten."

Sie setzte sich neben ihn.

„Na, dann mal Prost!"

Die Gläser klirrten aneinander. Nicole nahm einen Schluck, fühlte wie der Whisky eine warme Spur im Hals und der Speiseröhre hinterließ. Hugott nahm gleich einen großen Schluck.

„Wie gut, dass morgen Samstag ist. Und denk dran, am Samstag kommt das Sams."

Er lachte.

„Du meinst das Sams aus den Kinderbüchern mit den Wunschpunkten? Prima. Kann ich mir dann jetzt etwas wünschen?"

Sie nahm einen zweiten, etwas größeren Schluck und zwinkerte ihm zu.

„Was würdest du dir denn wünschen?"

„Dass das alles nicht geschehen wäre."

Unwillkürlich zog sie die Knie an sich heran und umschlang sie mit ihren Armen.

Hugotts Handy vibrierte ein weiteres Mal.

„Wer bimmelt dich denn da die ganze Zeit an. Lass mal sehen!"

Bevor er reagieren konnte, hatte sie schon sein Handy in der Hand und las:

Lieber Hendrik, es war ein ungewöhnlicher Tag. Ich trug den roten Pullover, so wie du es dir gewünscht hast. Es war, als wärst du die ganze Zeit bei mir gewesen. Liebe Grüße! Vera

Amüsiert reichte sie ihm das Handy.

„Hendrik? Wie? Vera?"

Hugott leerte sein Glas und goss gleich noch einmal nach.

„Du nennest dich Hendrik?"

„Warum nicht?"

„Ja, ganz einfach, weil du so nicht heißt. Und die Frau heißt dann auch nicht Vera, nicht wahr?"

„Doch."

„Und sie weiß, dass du eigentlich Heinrich Hugott heißt?"

„Nein."

„Ungleiches Spiel. Der Mann der vielen Namen….."

Dann begann sie laut zu lachen.

„Hugott, Hugo, Heinrich, Hendrik. Gibt es da noch einen Namen?"

Jetzt lachten sie beide, ein lautes, albernes Lachen. Sie konnten sich gar nicht beruhigen. Sobald sie sich ansahen, brüllten sie wieder drauf los.

„Aber sonst ist keine Schraube locker, oder, mein lieber Heinrich-Hugo-Hendrik-Hugott?"

„Sonst ist alles fest und alle Tassen im Schrank. Na dann mal prost!"

Und wieder stießen die Gläser aneinander.

„Das behältst du aber bitte für dich, ja, meine Namens-vielfalt?"

„Darauf kannst du dich verlassen. Dein Geheimnis ist ja ziemlich harmlos im Vergleich zu meinem. Jetzt brauche ich eine Zigarette. Willst du auch eine?"

Er nickte. Sie kramte in einer Schublade, zupfte eine Camel aus der Packung und reichte sie ihm.

„Feuerzeug liegt auf dem Tisch, Aschenbecher auch."

Er stellte den Aschenbecher auf die Couch, genau zwischen sich und Nicole. Einen Moment lang saßen sie schweigend. Sie nahm die Fernbedienung des CD-Players und drückte auf die Taste Repeat, während er nachdenklich ein Foto an der Wand betrachtete. Ein Mann und eine Frau verkleidet und mit Maske. Es erinnerte an Karneval in Venedig. Er fühlte sich wie aufgesaugt von diesem Bild, dieser Atmosphäre, die von ihm ausging.

Kurz schaute er zu Nicole. Sie erwiderte seinen Blick, gewahrte den fragenden Blick, sagte aber nichts. Er auch nicht.

„Magst du mir ein Brot machen? Du hast doch bestimmt etwas Brot und Wurst im Haus?"

Etwas verwundert, aber willens, stand sie auf.

„Wie viele Brote willst du denn?"

„Zwei bitte, mit Wurst oder Käse, je nachdem, was du im Kühlschrank hast. Gerne mit Butter darunter."

Ihre Verwunderung blieb ihm nicht verborgen. Ein Schmunzeln huschte durch sein Gesicht wie ein flüchtiger Schatten an der Wand, etwas lausbübisch, soweit ein Schatten überhaupt irgendwie lausbübisch sein kann.

Als sie das Zimmer verlassen hatte, hievte er sich von der Couch, um sich das Foto genauer anzuschauen. Seine Ahnung trog ihn nicht. Die Frau war Nicole. Es waren ihre Augen und er erkannte die Uhr an ihrem Handgelenk. Den Mann konnte er nicht zuordnen.

Schneller als gedacht, kam Nicole mit zwei Tellern mit Wurst- und Käsebroten zurück. Am Tellerrand ein paar Gürkchen und in der Mitte kugelten ein paar Radieschen hin und her wie kleine Murmeln.

„Wer ist der Mann neben dir?"

Er fragte ganz ohne Umschweife, als sei er sich gewiss, sowohl ein Recht auf die Frage als auch auf die Antwort zu haben.

Sie stellte die Teller auf den Couchtisch, steckte sich ein Gürkchen in den Mund und setzte sich wieder aufs Sofa.

„Du kennst ihn nicht."

„Das denke ich mir. Und? Wer ist es?"

„Ein guter Freund."

„Mehr nicht?"

„Können wir nicht einfach für ein paar Wochen verschwinden? Raus aus allem?"

Mit einmal befand sich wieder das Grauen im Zimmer, das von nun an der erste Gedanke am Morgen sein würde und der letzte in der Nacht vor dem Einschlafen und in allen möglichen Traumbildern würden die Taten Gestalt annehmen und die Seele vergiften.

„Eine Zeitlang Urlaub machen? Das ist vielleicht keine schlechte Idee. Ich habe ein Ferienhaus in Holland."

„Sehr gut. Hauptsache weg", seufzte Nicole erleichtert.

achtzehn

Als Vera am Montag die Praxis von Dr. Hugott betrat, lächelte sie still vor sich hin. Es blieb nicht unbemerkt. Ihre Bewegungen waren fließender und sie bewegte sich mit mehr Leichtigkeit, die Muskulatur im Gesicht war entspannter, die Körperhaltung aufrechter.

Sie trug den roten Pullover, schwarze Jeans und rote Schuhe. Wie immer nahmen sie ihre Plätze ein. Sie schlug ein Bein über das andere und wippte mit ihrem Fuß. Dabei wirkte sie nicht nervös, sondern vielmehr fröhlich, als lausche sie einer inneren Musik, zu der sie jetzt am liebsten tanzen würde.

„Wie geht es Ihnen, Frau Weiß?"

Die Antwort ließ nicht lange auf sich warten.

„Gut. Ich würde sagen, viel besser."

„Woran machen Sie das fest?"

„Ja, das merkt man doch, oder? Ich habe nicht mehr so düstere Gedanken und meine Stimmung ist besser. Ich habe mir sogar Theaterkarten besorgt. Ich fühle mich irgendwie lebendiger, vielleicht auch, weil ich verrückte Sachen mache. Sie haben vor längerer Zeit einmal zu mir gesagt, dass ich doch einfach mal etwas *Ungewöhnliches* tun sollte. Das habe ich getan."

Schelmisch lächelte sie ihm zu.

„Was denn zum Beispiel?"

Er beobachtete sie sehr genau.

„Ich schreibe doch mit diesem Unbekannten. Stellen Sie sich vor, dass ich wegen ihm diesen roten Pullover trage."

„Aha."

Sich jetzt nichts anmerken lassen, ging es ihm durch den Kopf. Pokerface, Pokerface. Nicht grinsen, nicht schmunzeln, nicht rot werden.

„Ist doch ein bisschen verrückt, oder?"

„Warum meinen Sie?"

„So etwas zu tun, obwohl man den anderen nicht kennt, naja, das ist schon ungewöhnlich, oder nicht?"

„Gefällt es Ihnen denn?"

„Es hat seinen Reiz. Von ihm geht eine unerhörte Anziehungskraft aus. Irgendwie tut es mir gut, mit ihm zu schreiben. Er heißt übrigens Hendrik. Ja, er tut mir gut, obwohl wir nur schreiben."

Hugott seufzte. Ein Blick zur Uhr. Wie viel Zeit haben wir noch?

„Werden Sie sich irgendwann verabreden?"

„Ich weiß es noch nicht. Aber es kann durchaus sein, dass ich ihn tatsächlich kennen lernen will. Zuerst dachte ich, auf keinen Fall! Dann weiß er ja, wer ich bin. Immerhin haben wir uns ja in diesem zwielichtigen Forum kennen gelernt. Aber ich glaube langsam, er hat sich da auch einfach nur so hin verirrt wie ich."

Hugott nickte.

„Aber bedenken Sie, dass ein Treffen auch frustrierend sein könnte."

„Wie kommen Sie darauf? "

„Vielleicht wären Sie enttäuscht, wenn Sie ihn kennen lernen, weil er vielleicht ganz anders aussieht, als sie dachten? Oder er ist viel älter oder jünger? Oder vielleicht ist er im realen Leben viel schüchterner als beim Schreiben? Oder

Sie wollen mit ihm schlafen und er hat Erektionsstörungen? Oder er hat Mundgeruch?"

„Sie sind ganz schön pessimistisch, Doktor. Man könnte meinen, Sie wollen mir das ausreden."

„Nein, nein, ich möchte Sie nur dafür sensibilisieren, dass das, was Sie jetzt mit diesem Hendrik haben, Ihnen offensichtlich so gut tut, dass es Ihnen besser geht, dass Sie anfangen aufzublühen. Das Lebendige in Ihnen ist nur verschüttet und wird jetzt angeregt durch diesen virtuellen Kontakt. Ihm geht es möglicherweise ebenso."

„Sie meinen das tatsächlich ernst, nicht wahr?"

„Ja. Wissen Sie: Manche Träume sind nur unerfüllt beglückend. Und manche Phantasien und Wünsche bleiben besser *unerhört*, damit sie lebendig bleiben.

„Hm, vielleicht haben Sie Recht. Darüber muss ich mal in Ruhe nachdenken. Vielleicht reicht mir ja das Schreiben. Dann muss ich mich nicht ganz zu erkennen geben. Wer weiß, wer der andere ist. Ich will meine Identität möglicherweise doch nicht preisgeben."

„Das kann ich gut verstehen."

Haftungsausschluss:

Personen und Handlungen sind frei erfunden.
Ähnlichkeiten mit lebenden oder toten Personen sind rein zufällig und nicht beabsichtigt.

Weitere Romane von Michaela Pavelka:

Michaela Pavelka

Das Land hinter dem Horizont

ISBN 978-3-743-14330-2
Taschenbuch, 2016
357 Seiten
Roman
11,99 Euro (D)
BoD – Books on Demand, Norderstedt

Marita, Gymnasiallehrerin und alleinerziehende Mutter, spürt ebenso wie der Schuldirektor Gregor, dass das Leben ohne sie stattfindet.

Maritas Freundin Lena, die ihren Lebensdurst und die innere Stille mit Affären ertränkt, sehnt sich danach, alte Ketten zu durchtrennen und eine glückliche Partnerschaft zu finden.

Maritas Vater Günther, der nach dem Tod seiner Frau in eine tiefe Depression gefallen ist, findet durch die Hilfe seines Nachbarn Erich ins Leben zurück.

Und der Psychotherapeut Paul, der durch einen Unfall seine Frau und seine kleine Tochter verloren hat, lebt zurückgezogen mit seinem jugendlichen Sohn Patrick am Rande der Stadt.

Es sind bunte Vögel, schillernde Persönlichkeiten mit ihren Zweifeln und Ängsten, mit verborgenen Wünschen und heimlichen Sehnsüchten, die trotz erlittener Schicksalsschläge vom Land hinter dem Horizont träumen.

Allen gemeinsam ist der Mut, etwas Neues zu wagen und Hoffnung in Handlung umzusetzen.

Michaela Pavelka

Im Schatten der Stille

ISBN   978-3-752-83376-8

Taschenbuch, 2018

300 Seiten

Roman

9,99 Euro (D)

BoD – Books on Demand, Norderstedt

„Wenn Du mich lässt, zeige ich dir die Welt", flüstert Alexander Belt im Unterricht seiner noch 13-jährigen Schülerin Claudia zu und ebnet den Weg zu einer intensiven, heimlichen Beziehung.

Als ihr Bruder Tim Claudias Tagebuch liest, beschließt er zu schweigen. Im Schatten der Stille waren sie unsichtbar, hatten sie die Freiheit zu tun, was sie wollten. Und sie taten es.

Gemeinsam mit anderen Jugendlichen verleben die Geschwister eine abenteuerliche Jugend, die den Blicken der Eltern verborgen bleibt. Die Erwachsenen sind so sehr mit sich selbst beschäftigt, dass sie nicht einmal die Veränderung im Wesen ihrer Kinder bemerken.

Viele Jahre später, als sie längst selbst Mutter ist, schaut Claudia auf die vergangenen Erlebnisse zurück. Angeregt durch die Gespräche mit einem alten Patienten, dessen Erinnerungen in der Einsamkeit des Krankenzimmers zum Leben erwachen, erkennt Claudia hinter ihrer Familienge-schichte eine zweite Wirklichkeit. Während der alte Mann mit seinen Ängsten kämpft, geschehen merkwürdige Dinge auf der Station.